Harter Stoff

Jürgen Benvenuti

Harter Stoff

Ein Wiener Kriminalroman

Vom Autor ergänzte und
verbesserte Ausgabe

Falter Verlag

ISBN 978-3-85439-485-3
Veröffentlichung als Taschenbuch

1011 Wien, Marc-Aurel-Straße 9
Tel. +43/1/536 60-0, Fax +43/1/536 60-935
E-Mail/Verlag: bv@falter.at
E-Mail/Bestellungen: service@falter.at
Web: faltershop.at

Die erste Auflage erschien 1994
unter dem selben Titel bei Deuticke Verlag, Wien.

Autor: Jürgen Benvenuti
Korrektur: Patrick Sabbagh
Grafik und Layout: Marion Großschädl
Produktion: Susanne Schwameis
Gedruckt in der EU

Für Alice

1

Gott sagte: „Na, na, mein Sohn, übertreibst du nicht ein bisschen? So schlecht ergeht es dir doch im Moment gar nicht, dass du dich so beklagen müsstest."

Gott war offensichtlich kein guter Zuhörer. Ich leierte die Story von der Ödnis meines Lebens nochmals runter, und diesmal schien Gott zu verstehen. Gütig strahlte er mich an und versicherte mir, dass sich von jetzt an alles zum Guten wenden würde.

Damals wusste ich noch nicht, dass Gott ein Lügner ist.

Als ich am nächsten Morgen aufwachte, pochte mein Schädel lauter als die Presslufthämmer vor meinem Fenster. LSD-Reste lösten rauch- und feuerschwangere Erdbebenfantasien in meinem Großhirn aus. Ich hasse diese Nebenwirkungen von Acid, war aber wieder mal reif gewesen für eine Privataudienz bei Gott.

Ich hievte mich aus meinem flauschigen Bett und ging zum Fenster. Auf der anderen Straßenseite standen buntgekleidete Frauen und warteten auf ihre Kinder, die mit Geschrei aus der Volksschule stürzten. Ein Blick nach rechts: In der Wiedner Hauptstraße herrschte der übliche Verkehr. Autos, Taxis, Motorräder, Mofas und ab und zu eine Straßenbahn. Links die Leibenfrostgasse. Ruhig, nur ab und zu ein Bus der Linie 13A.

Mit brummendem Schädel ging ich zurück zum Bett. Ich war noch nicht ganz runter von meinem Trip und brauchte eine Landehilfe. Ich wühlte in der Nachttischschublade und holte eine Zigarette, langes Papier, ein Feuerzeug und einen Haschklumpen heraus. Mit geübten Handgriffen hatte ich in wenigen Minuten einen Joint gebastelt.

Ich legte mich ins Bett, inhalierte den Rauch in langen Zügen und starrte an die Decke. Außer ein paar langweiligen Rissen und Wasserflecken gab es nichts zu sehen. Durch das gekippte Fenster drang Straßenlärm vermischt mit Kindergeschrei ins Zimmer.

Ich bohrte den Jointstummel gerade in einen mit gräulicher Erde gefüllten Blumentopf, als das Telefon läutete. Zwölf Uhr; es konnte niemand sein, der mich kannte, außer er wollte mich absichtlich nerven. Ich streckte mich und angelte das Telefon vom Nachttisch.

„Ja?“, murrte ich in den Hörer.

„Ich bin's, der Doc. Wollte nur mal checken, wie's so geht.“

Der Doc ist mein Dealer. Er ruft ab und zu an, um zu schauen, ob ich was brauche. Ich brauche in letzter Zeit nicht mehr so viel.

„Hättest du damit nicht noch ein bisschen warten können?“, fragte ich. „Es ist knapp zwölf vorbei, also praktisch noch Morgendämmerung. Du raubst mir meinen Schönheitsschlaf. Willst du, dass ich mal so aussehe wie du?“ Ich regte mich künstlich auf.

„Mach mal halblang, Jochen. Begrüßt man so einen alten Freund, noch dazu einen, der dich immer mit Bonbons eindeckt?“

„Bonbons nennst du das? Als ich vor drei Wochen einen deiner Trips geschmissen habe, war ich zehn Stunden in der Hölle. Hast du den Chemiekasten deines kleinen Bruders geplündert?“

Wieder eine Detonation in meinem Schädel. Ich wälzte mich im Bett hin und her, strich mir die Haare aus dem Gesicht und zog die Decke weiter rauf.

„Tut mir leid“, sagte der Doc. „Die Quelle in Amsterdam ist momentan versiegt und ich musste auf Ostblockware zurückgreifen. Ich wusste nicht, dass die Qualität so schlecht ist. Hast was gut bei mir, Jochen.“

Der Doc ist praktisch der Einzige, der mich Jochen nennt. Für alle anderen bin ich Jerry. Jerry, der *acidhead.* Jerry, das Relikt einer längst vergangenen Drogenära, als die Freaks noch lange Haare hatten, Gott Jerry García hieß und der himmlische Chor The Grateful Dead.

Im Jahre vierundneunzig war Acid out, Shit machte einen ähnlich hohen Umsatz wie Philip Morris, und wer noch nie mit Heroin zu tun gehabt hatte, wurde in der Szene belächelt.

„Kannst du langsam zum Punkt kommen?“, fragte ich. „Ich hab auch noch was anderes zu tun.“ Alter Managertrick.

„Nicht so hitzig, Mann, ganz cool. Ich hab dich angerufen, weil 'ne neue Lieferung *Blue Dragons* eingetroffen ist. Die schießen dir das Gehirn bis zum Jupiter."

Ich setzte mich auf, zog das Telefon rüber und stellte es auf meine angewinkelten Knie. Ein Hupen, dem gleich darauf ein scharfes Bremsquietschen folgte, war durchs Fenster zu hören. Das Schlachtfeld Straße in voller Aktion.

„Ist das wieder so ein Ostblockdreck, oder stammt das Zeug zur Abwechslung mal wirklich aus dem guten alten Holland?", fragte ich.

„Du kannst ganz beruhigt sein", sagte er, „die Ware ist erstklassig." Er klang so charmant wie ein Hobbyzuhälter aus dem fünfzehnten Bezirk, der auf der Hütteldorfer Straße ein paar abgetakelte Nutten laufen hat, die den Lkw-Fahrern für zweihundertfünfzig einen blasen.

„Okay", sagte ich. „Wie viel hast du, wie viel willst du?" Wieder eine Detonation. Ging mir langsam auf die Nerven, diese Knallerei.

„Ich hab so viel Papier, dass man 'nen Roman drauf schreiben könnte", sagte der Doc. Ich hörte, wie er irgendetwas trank. „Ich kann dir zehn für achthundert oder zwanzig für vierzehnhundert geben."

„Du solltest Komiker werden", riet ich ihm. „Zehn für achthundert? Die besorg ich mir in der Kettinger billiger."

Ich stieg aus dem Bett und ging wieder zum Fenster, das Telefon in der linken Hand. Ein rotes Golf Cabrio, aus dem *Wild Boys* von Duran Duran in voller Lautstärke dröhnte, bog eben in die Wiedner Hauptstraße ein. Zwei Sekunden später war der blonde Haarschopf des Fahrers verschwunden.

„Jochen, komm mir doch nicht so“, sagte der Doc, wieder ganz der Charmeur. „Du weißt genau, dass die Trips von der Kettenbrückengasse nichts anderes sind als in Hundepisse getränktes Klopapier. Mein Zeug dagegen ist echte Qualitätsware.“

„Hör mal, Doc“, sagte ich, „du weißt doch, wie's läuft. Du hast mich angerufen, nicht ich dich. Also tu uns beiden 'nen Gefallen und mach mir 'nen vernünftigen Preis. Ich möchte auch in Zukunft dein Kunde bleiben, wenn du verstehst, was ich meine.“

Eine knapp zwanzigjährige Blondine, deren T-Shirt einer beträchtlichen Oberflächenspannung ausgesetzt war, betrat das Postamt gegenüber. Junge, Junge.

„Du solltest es mit Meditation versuchen“, riet er mir, „das entspannt. Ich steh im Moment total auf Zen. Bin dadurch viel ruhiger geworden. Würde dir auch guttun.“

Meditation und Zen. Banker hatten ihre Börsenseminare, Dealer standen offenbar mehr auf Fernöstliches. Auch eine Art Ausbildung. Ein Dealer, der nicht hundertprozentig cool war, würde sich nicht lange halten. Entweder zehn Jahre Gefängnis oder eine Gesichtskorrektur Marke Stahlkappenstiefel.

„Ich dachte, du würdest mir noch 'nen Gefallen schulden wegen dem Ostblockkram, mit dem du mich vergiftet hast“, sagte ich. „Wie wär’s mit zehn für sechshundert?“

„Von mir aus“, sagte der Doc gequält. Dann energischer: „Aber nur dieses eine Mal, hast du verstanden? Und halt bloß die Klappe, wenn dich jemand nach dem Preis fragt, sonst bin ich als seriöser Geschäftsmann abgeschrieben!“ Er klang erregt. War anscheinend noch ein Meditationsanfänger.

Ich ging zum Nachttisch und setzte mich drauf. Er schwankte leicht unter meinem Gewicht.

„Okay, wann und wo können wir uns treffen?“

„Da richte ich mich ganz nach dir“, meinte der Doc großzügig. „Du weißt ja, der Kunde ist bei mir König.“

In seinem früheren Leben hatte der Doc Betriebswirtschaft studiert, bis ihn die Bekanntschaft mit einem experimentierfreudigen Chemiestudenten dazu gebracht hatte, ein eigenes Geschäftsmodell zu entwickeln.

Es war simpel: Man organisiere sich einige Laborgeräte, ein paar Chemikalien und ein Rezeptbuch aus der Uni-Bibliothek, und schon hatte man alles, was man brauchte, um problemlos LSD herzustellen. Die Droge wirkt in Dosierungen von tausendstel Gramm, und da der Chemiestudent fleißig produzierte und der Doc den Stoff ebenso fleißig verkaufte, machte das kreative Duo einen netten Gewinn.

Doch der Doc bekam den Hals nicht voll und wollte die Profite in, wie er es nannte, *exorbitante Höhen* treiben.

Genau das passierte dann auch. Das ganze Labor samt Chemiker flog in exorbitante Höhen. Sachschaden mehrere hunderttausend Schilling, dazu eine verkohlte und mit Glassplittern gespickte Leiche. Polizeiliche Untersuchungen folgten, die im Sande verliefen.

Von da an handelte der Doc mit mehr Umsicht. Er hatte einen Haufen Kohle auf der Seite und die richtigen Connections in der Szene; und die waren fast wichtiger als Geld.

Seit einigen Jahren beliefert er eine ausgesuchte Klientel mit Koks, Speed, Acid und H. Seiner paranoiden Vorsicht und der Tatsache, dass er seine Gier mühsam bezähmt, hat er es zu verdanken, dass er noch nie geschnappt worden ist. Für die Bullen ist der Doc ein gesetzestreuer Bürger, der pünktlich seine Steuern zahlt und vor alten Damen und kleinen Kindern bremst. Offiziell bezieht er sein Einkommen aus nicht näher definierten Beratungstätigkeiten.

Wir hatten uns auf einem Uni-Fest kennengelernt und dann für einige Zeit aus den Augen verloren, nachdem ich mein Psychologiestudium geschmissen hatte. An einem eisigen Februarabend waren wir uns zufällig am Praterstern wieder über den Weg gelaufen. Seither meldet sich der Doc alle paar Wochen bei mir und dreht mir meistens guten Stoff an.

Ich ließ mich aufs Bett fallen.

„Wie wär's, wenn wir uns am Karlsplatz treffen?", schlug ich vor. „Sagen wir um fünf, Ausgang Oper?"

„Meinetwegen“, sagte der Doc, „mir soll’s recht sein. Wie gesagt, Kunden, Könige und so weiter.“

Der Karlsplatz ist der bekannteste Drogenumschlagplatz Wiens. Es wimmelt dort immer von Bullen, aber wenn die U-Bahn-Schächte um fünf die Arbeitszombies gleich hordenweise ausspeien, gehen ein gepflegter Mittzwanziger in Anzug und Krawatte sowie ein vergammelter Mittzwanziger in Jeans und Turnschuhen problemlos in der Masse unter.

„Okay, bis um fünf“, sagte ich. „Und vergiss deine Meditation nicht.“ Würde mich nicht wundern, wenn er mit ’nem Bogen auftauchte, um dem Zen-Geist nahe zu sein.

Ich legte den Hörer auf, stellte das Telefon auf den Boden und kroch zurück unter die Decke. Es war knapp eins vorbei, ich hatte also noch reichlich Zeit. Ich suchte die Fernbedienung für die Stereoanlage, fand sie unter meinem Bett, zwischen Staub, angelesenen Büchern, alten Zeitungen und Kondomverpackungen, richtete sie wie eine Waffe auf die Anlage und drückte die Play-Taste. Page Hamilton malträtierte seine Gitarre und brüllte, dass irgendjemand besser tot wäre. Ich dachte an die Horden von Arschlöchern, die ich kannte, und murmelte Textfragmente vor mich hin, den CD-Player auf Wiederholung gestellt.

Nach etwas mehr als drei Stunden unruhigen Schlafes stand ich auf. Es war kurz vor halb fünf. Ich lief in Boxershorts in die kleine Waschnische, spritzte mir ein paar Tropfen kaltes Wasser ins Gesicht, putzte mir die Zähne und ging zurück ins Zimmer. Ich zog die Nachttischschublade auf und kramte mein Speed hervor. Ich war immer noch ziemlich müde, und träge Synapsen konnte ich mir bei meinem Deal nicht leisten.

Ich hätte gerne in den Sechzigern gelebt. Damals konnte man sich sein Speed ganz legal in der Apotheke kaufen. Außerdem wusste man, wenn Benzedrin draufstand, war auch Benzedrin drin. Sartre hatte seinerzeit wohl die halbe französische Produktion verbraucht.

Heutzutage gibt's das Zeug in Pillen- oder Pulverform, meist aus dem Ostblock. Eine oder zwei Lines genügen, damit man ein Bett etliche Stunden lang für einen nutzlosen Einrichtungsgegenstand hält. Nicht nur, dass man kein Auge zukriegt, nein, man bekommt auch keinen mehr hoch, und falls doch, hat er bloß Attrappenfunktion.

Ich genehmigte mir eine halbe Line, verstaute den Rest des Speeds wieder in der Schublade und suchte meine Klamotten zusammen, die friedlich auf dem Fußboden lagen. Fast weiß gewaschene Jeans, ein enges schwarzes T-Shirt mit Harley-Davidson-Emblem auf der Brust, Tennissocken und arg lädierte Leinenturnschuhe, die früher mal blau gewesen waren. Ich machte mir noch rasch eine Tasse Kaffee – Nescafé-Pulver mit warmem Leitungswasser – und trank zwei Schlucke. Den Rest schüttete ich in den Ausguss; es schmeckte eklig. Hunger hatte ich keinen. Ein weiterer Vorteil von

Speed: Da ich selten einkaufen ging, musste ich mir nicht diese lebenden Deix-Karikaturen in den Hofer- und Mondo-Märkten antun.

Um zwanzig vor fünf verließ ich meine Bude. Im Stiegenhaus roch es nach billigem Essen. Ich trabte die drei Treppenabsätze runter und machte mich auf den Weg zur Straßenbahnhaltestelle, die gleich um die Ecke war.

Der 62er kam nach wenigen Minuten. Ich hielt Ausschau nach kontrollierenden Schwarzkapplern, entdeckte keine, stieg ein und setzte mich ans Fenster. Während die Bahn Richtung Karlsplatz ruckelte, beobachtete ich die Leute auf der Straße. Sie bewegten sich wie von unbekannter Hand gelenkte Roboter. Die meisten von ihnen sahen nicht viel anders aus als die Schaufensterpuppen, die sie so sehnsüchtig und mit beinahe religiöser Ehrfurcht anstarrten. Vielleicht etwas ungesünder.

Am Karlsplatz stieg ich aus. Ich tauchte hinab in den U2-Zugang, ging unter dem Platz hindurch und blieb vor dem U1-Zugang stehen. Es war zehn vor fünf, wie ich von einer minderjährigen Stricherin erfuhr.

Ich schlenderte zu einem der vielen Zeitungsverkäufer, die ihr Angebot direkt auf dem dreckigen Boden ausgebreitet hatten, und blätterte die Pornohefte durch. Nicht dass ich keine echten Miezen bevorzuge, aber es gibt Zeiten, da erntet man für jedes spendierte Bier und jedes halbwegs ernstgemeinte Kompliment nur ein saures Lächeln und einen Spruch aus der *Emma*. Harte Zeiten. Zeiten, in denen ich, ohne allzu rot zu werden, auf eine tragbare Orgasmusgarantie zurückgreife.

Akif, der Verkäufer, den ich schon lange kenne, lässt mich die Fleischeslust auf Hochglanz immer ausgiebig betrachten, ohne mir gleich einen bösen Blick und ein „Erst zahlen, dann spritzen!" zuzuwerfen.

Die neueste Nummer von *Anal Sex* brachte nichts, das mich noch sonderlich beeindruckte. Ich legte das Heft zurück und schnappte mir die *Kronen Zeitung*. Überblätterte die ersten Seiten und betrachtete die Nancy, Cindy oder Lucy des Tages. Ein kurzer vergleichender Blick zum Titelblatt des *Playboy:* kein großer Unterschied, nur dass der *Playboy* farbig war.

„Wenn du willst, nimm eines mit", sagte Akif und deutete auf die Hefte. Trotz des warmen Wetters trug er einen dicken, roten Anorak, der an seinem schmächtigen Körper herabhing wie ein gefärbter Kartoffelsack. Eine Schimütze bedeckte seinen Kopf zur Hälfte. Sein wallender, von grauen Strähnen durchzogener Bart war struppig und verfilzt wie eh und je.

„Nun hab dich nicht so", drängte er weiter. „Geschenk für einen alten Freund." Der Rauch seiner Zigarette kräuselte an seinem Blumenkohlohr vorbei.

„Danke, Akif", sagte ich und legte die Zeitung zurück, „aber so nötig hab ich's im Moment nicht." Sehnsüchtig starrte ich auf seine Kippe.

Geschenk für einen alten Freund. Ich musste grinsen. *Alter Freund* war eine leichte Übertreibung. Es hätte nicht viel gefehlt, und Akif wäre eine Leiche gewesen und ich einer seiner Sargnägel.

Damals.

Damals kannte Akif die Szene und deren Regeln noch nicht. Er hatte die hirnrissige Idee gehabt, beim großen Dopespiel mitzumischen, und zwar auf eigene Faust. Unglücklicherweise suchte er sich für seinen Start ins neue Berufsleben Docs Gebiet aus. Der Doc, sonst ganz Gentleman und Charmeur, konnte das nicht zulassen, wollte er weiterhin die unangefochtene Nummer eins am Karlsplatz sein. Er wollte.

Damals führte ich noch eine enge Beziehung mit meiner Spritze. Eine sehr kostspielige Angelegenheit, aber der Doc sorgte dafür, dass der Zylinder nie lange leer blieb. Er war ein ebenso großzügiger wie berechnender Geschäftsmann und ließ sich so manchen Schuss mit speziellen Gegenleistungen bezahlen. Ein nagelgespickter Baseballschläger an einem ruhigen und lauschigen Plätzchen mehrmals sanft gegen ein Schienbein geschwungen, brachte die meisten Kleindealer wieder zur Vernunft, die vom Expansionsfieber befallen waren.

Damals war es meine Aufgabe gewesen, Akif davon zu überzeugen, dass der Drogenhandel vielleicht im Dreiundzwanzigsten noch nicht in festen Händen war, dass er, Akif, aber rund um den Karlsplatz nichts zu suchen hatte, falls er Dope verdealen wollte.

Damals war ich später im Behandlungszimmer aufgetaucht als die anderen Helfer vom Doc, und alles sah schon nach einer Therapie Marke Solingen aus. Ich konnte die Typen im letzten Moment davon abhalten, Akif die Haut in leicht transportierbare Streifen zu schneiden. Akif hatte nur einen kleinen Schnitt unter dem Kinn abbekommen und betrachtet mich seit damals als Lebensretter und Freund. Jedes Mal, wenn wir uns sehen, grinst er mich an und reibt sich die Narbe. Ich habe ihn noch nie ohne die filterlose A3 im Mundwinkel erlebt.

Seit dieser Aktion trete ich etwas kürzer. Unter den verfluchtesten Schwierigkeiten, die man sich vorstellen kann, habe ich es geschafft, von der großen, sanften Dame H wieder loszukommen. Es sind erbärmliche und jämmerliche Monate gewesen, die ich, ohne zu übertreiben, kriechend hinter mich gebracht habe. Aber ich bin hart und konsequent geblieben. Der letzte Schuss ist über ein Jahr her, kein Sniffen und kein Rauchen mehr. Ab und zu mal Acid zum Ausspannen, ein paar gemütliche Joints und manchmal ein bisschen Speed, wenn ich voll da sein muss. Ansonsten bevorzuge ich mittlerweile das ruhige Leben in meiner kleinen Garçonnière im vierten Bezirk, lese schwerverständliche postmoderne Franzosen, die im Moment sehr *in* sind, und will nur meine Ruhe haben. Das neun Monate lange Ziegelschleppen auf einer Baustelle hat sich insofern gelohnt, als ich mit meiner Arbeitslosenunterstützung halbwegs über die Runden komme. Wenn ich meine Situation mit einem Wort beschreiben müsste, würde es *halbwegs* sein. Halbwegs zufrieden, halbwegs Kohle.

Inzwischen war es fünf Uhr geworden. Ich verabschiedete mich von Akif, schielte noch mal gierig auf seinen Glimmstängel und ließ mich von der Rolltreppe nach oben zum Ausgang Oper tragen.

Ich steckte mir die Sonnenbrille ins Gesicht, schlängelte mich durch Horden Wien-geiler Japaner, die mit Nikons und Canons bewaffnet waren, und setzte mich auf eine niedrige Mauer, die von Touristen, Pennern und Studenten belagert war. Eine gar nicht zaghafte Maisonne brannte auf mein blasses Gesicht. Ich legte den Kopf in den Nacken und blinzelte den sporadischen Schäfchenwolken zu, die im blauen Himmel klebten wie Spermaflecken.

Der Doc kam kurz nach fünf. Er trug einen grauen Anzug mit einer dezent gemusterten rosa Krawatte. Die langen schwarzen Haare hatte er zu einem Pferdeschwanz zurückgebunden. Das Sonnenlicht fing sich in einem winzigen Brillantring, der durch sein linkes Ohrläppchen gebohrt war.

Er schnippte seine Zigarette mit einer eleganten Handbewegung auf eine Taube. Die Wiener Tauben sind abgehärtet. Sie flatterte nicht davon, sondern stürzte sich auf die noch brennende Kippe und ließ sie mit einem Schnapp in ihrem gierigen Schnabel verschwinden.

„Ekelhafte Viecher“, sagte der Doc. „Die reinsten Müllschlucker. Man sollte ’nen Schwarm Wiener Tauben nach Kärnten schicken. Da könnten sie fressen bis zum Umfallen. Vor allem in der Nähe gewisser Parteilokale.“

Er schaute sich aufmerksam um, wegen der Bullen, musterte dann mich, musterte meinen Sitzplatz und sagte: „Du erwartest doch nicht, dass ich mich auf diese Mauer setze, die diese Mistviecher seit Jahrhunderten vollscheißen. Die Säure würde glatt meinen neuen Anzug zerfressen.“ Er fummelte mit besorgtem Gesicht an seinem Maßzwirn herum.

Ich stand auf und klopfte mir den Taubendreck von den Jeans. Kein Loch drin, soweit ich das feststellen konnte.

„Von mir aus können wir in ein Kaffeehaus gehen“, meinte ich. „Wie wär's mit dem *Hawelka?*“ Hoffentlich hatte ich nicht das Pech, dort auf John Irving zu treffen. Gott bewahre!

„Bist du vollkommen verblödet? Dort wimmelt's um diese Zeit nur so von italienischen und japanischen Touristen. Der einzige Platz, den wir da bekommen, ist das Fensterbrett. Gehen wir runter zum *Köstli* und lassen uns mit seinen Spezialitäten verwöhnen, okay?“

„Von mir aus“, gab ich mich geschlagen. Blieb mir wenigstens eine potentielle J.-I.-Begegnung erspart.

Die *Köstli*-Fastfoodkette ist essensmäßig so ziemlich das Letzte in Wien, und die Spezialitäten sind ungefähr so speziell wie eine Pizza Mare an der italienischen Küste. *Köstli*-Schuppen gibt es an allen großen U-Bahn-Knotenpunkten und können eine ausgesuchte Klientel von Pennern, Junkies, Dealern, minderjährigen Nutten und Strichern ihr Eigen nennen. Immerhin ist es auch preismäßig das Billigste in der Stadt.

„Hast du deine Spendierhosen an?", fragte ich.

„Ich hör hier immer spendieren. Wer hat was von Spendieren gesagt? Ich bin dein Dealer, nicht dein Liebhaber. Wenn du was essen willst, kauf dir was. Von deinem Geld!" Er bohrte mir seinen manikürten Zeigefinger ins Gesicht.

Was für ein Herzchen.

Wir gingen zur Theke und huschten mit den Augen die Speisekarte rauf und runter. Eines hatten alle Gerichte gemeinsam: Sie bestanden zu neunzig Prozent aus Fett. Frittierte Pommes, frittierte Hühnerschenkel, fettige Würstchen mit Senf, fettige Würstchen mit Senf und Ketchup in einem matschigen Baguette.

Richtige Aufbaunahrung. Falls man Sumoringer werden wollte.

Ich kramte in meiner Hosentasche herum und förderte einen Fünfer, vier einzelne Schillinge und zwei Fünfziggroschenstücke hervor. Ich hatte noch Sechshundert dabei, aber die waren fürs Dope reserviert.

„Einmal Pommes", sagte ich.

Der mittelalterliche Kassierer mit den fettigen blonden Haaren, der geschäftig hinter der Theke herumeilte, nahm die Münzen und ließ sie in die Lade fallen. Vorher zählte er zweimal nach; er kannte seine Kunden.

„Ich hätte gerne zwei frittierte Hühnerschenkel, einen Hot Dog und dazu 'ne schöne kalte Cola", sagte der Doc. Mein Magen krampfte sich instinktiv zusammen. Rein prophylaktisch.

Der Doc legte einen Fünfhunderter auf die schmierige Theke und packte sich beide Hände mit den Fettschwämmen voll. Er sah aus wie ein Altölentsorger.

„Der Rest ist für dich", sagte er zum Kassierer und deutete mit seinem markanten Kinn auf den Schein. „Mach dir damit 'nen schönen Abend." Der Doc wusste, wie man kleine Fische bei der Stange hielt. Kleine Gefälligkeiten für kleine Tipps, aber zu wissen, wann in nächster Zeit 'ne Karlsplatz-Razzia angesagt war, konnte unter Umständen verhindern, dass man für ein paar Jährchen gesiebte Luft atmete. Auch die Karlsplatz-Bullen aßen bei *Köstli*.

Ich nahm meine Pommes in Empfang, beäugte sie argwöhnisch und folgte dem Doc zu einem fettverkrusteten Tisch. Er zog ein Taschentuch aus seiner Sakkotasche, wischte damit den Stuhl ab und setzte sich.

„Hast du das Zeug?", fragte ich. Ich hatte die Stimme gesenkt und ließ meine Blicke durch den Raum kreisen.

„He, Mann!", sagte der Doc wütend. „Wir sind hier nicht bei Glubschauge *Derrick*. Red gefälligst normal und lass deine Augen auf deinen Pommes. Glaubst du im Ernst, die Bullen würden uns wegen lächerlicher zehn Trips beschatten oder einkassieren?"

Ich wollte einwenden, dass nur er und ich wussten, dass es sich bloß um zehn Trips und nicht um ein Kilo H handelte, verkniff mir aber die Bemerkung. Der Doc wirkte sowieso schon ziemlich gereizt. Das mit der Meditation schien nicht so ganz zu klappen.

„Natürlich hab ich das Zeug“, sagte er. „Oder glaubst du, ich komm hierher, weil das Essen so gut ist?“ Er schob sich einen triefenden Hühnerschenkel zwischen die Zähne.

Wenn ich ihm so zuschaute, wie er das fettige Zeug in sich hineinstopfte, konnte das durchaus eine ernstgemeinte Frage gewesen sein. In einigen Jahren, wenn sich sein Stoffwechsel umstellte, würde er zu einem fetten, pickelrückigen Kloß mutieren, falls er dann immer noch *Köstli*-Schuppen für seine Treffen wählte.

Endlich war er fertig. Er wischte sich die Finger mit einem nach Kölnischwasser stinkenden Tuch ab, wieder ganz der Gentleman, und holte eine Schachtel Davidoff aus der Innentasche seines Sakkos.

„Kommen wir zum Geschäftlichen“, sagte er ernst.

„Na endlich“, murmelte ich.

Der Doc nahm eine Kippe aus der Schachtel. Kurz blitzte ein goldenes Ding auf, das nach einem Ronson-Feuerzeug aussah, dann steckte er sich die brennende Zigarette in den Mund. Er schob mir die Packung zu.

„Ich rauche nicht mehr“, sagte ich energisch. „Seit genau dreiundvierzig Tagen.“ Ich schob die Packung wieder zurück.

„Nimm diese verfluchte Schachtel!“ knurrte der Doc. „Du sollst nicht meine teuren Kippen wegrauchen, sondern das Papier rausholen!“

Verdammte Meditationsanfänger! Waren immer gleich auf hundertachtzig.

„Reg dich ab“, sagte ich. „Ich bin aus der Übung.“

Ich fuhr mit dem Zeigefinger vorsichtig hinter die zweite Zigarettenreihe und holte ein ungefähr fünf Quadratzentimeter großes Stück Papier heraus. Es war dunkelblau mit roten Kometenbahnen, gelben Sternen und hellblauen Drachen drauf.

„Blue Dragons“, sagte der Doc, der sich offensichtlich wieder beruhigt hatte. Er grinste mich an. „Die schießen dich aus der Erdumlaufbahn, aber ganz gepflegt. Kein Vergleich zu dem Ostblockdreck, den sie sonst überall verhökern.“

Ich erinnerte ihn nicht daran, dass er mir vor ein paar Wochen eben diesen Dreck verkauft hatte.

„Und nun zum pekuniären Teil“, sagte er feierlich.

„Was?“, fragte ich. *Was?* ist immer eine gute Frage.

„Die Kohle, Mann. Oder glaubst du, das Zeug hier ist ein Geschenk, weil wir heute den 3. Mai haben?“ Er beugte sich nach vorne. Ich konnte sein Rasierwasser riechen. Roch teuer.

Ich fischte die sechs Hunderter aus meiner Jeanstasche und schob sie über den Tisch. Der Doc zählte kurz nach und ließ die Scheine dann beiläufig in seiner allesfassenden Sakkotasche verschwinden. Ich vermutete, dass er mit einem gebrauchten Taschentuch nicht anders umging.

„Okay, Mann", sagte er und grinste zufrieden. „Wenn du sonst noch was brauchst, weißt du ja, an wen du dich wenden musst."

Er deutete mit seinem manikürten Zeigefinger auf sich. Ungefähr in Höhe seines Krawattenknotens.

„Danke", sagte ich, „aber mit dem hier", ich zeigte auf die Trips in meiner Hand, „ist mein Bedarf für die nächste Zeit gedeckt. Ich lass es im Moment gemütlich angehen. Nichts Hartes mehr." Klang verdammt gut in meinen Ohren.

„Die sanfte Dame kann einen stark in ihren Bann schlagen", sagte der Doc. „Ist nicht leicht, wieder von ihr loszukommen." Er drückte seine Zigarette aus.

Doc, wem sagst du das?

„Wenn sonst nichts mehr anliegt, werd ich mich wieder auf den Weg machen. Du weißt ja, Geschäfte, Kunden, Könige und so weiter."

Er stand auf, steckte seine Zigaretten ein und strich sich die Haare zurück. Beim Rausschlendern knöpfte er das Sakko zu.

Ich schaute mich noch mal um, *Derrick*-Paranoia hin oder her, steckte das Papier, das ich die ganze Zeit in der Hand gehalten hatte, in meine Jeans und verließ diesen kulinarischen Tempel.

Auf dem Weg zur Straßenbahnhaltestelle wurde ich in den unterirdischen Gängen von den immer anwesenden Pennern um Geld angeschnorrt. Manche der Penner trugen Klamotten von der Heilsarmee, andere welche von Nike, aber Kohle wollten sie alle.

Ich fabrizierte ein paar abwehrende Handbewegungen, deutete auf meine eigene traurige Erscheinung – he Jungs, wir sitzen doch im selben Boot! – und fuhr mit der Rolltreppe wieder ans Tageslicht.

Die Sonne hatte ihre heiße Wut ein bisschen gezügelt und sich hinter einigen gewitterträchtigen Wolken versteckt. Ich ließ die Sonnenbrille im Sweatshirt-Ausschnitt hängen.

An der Station Johann-Strauß-Gasse stieg ich aus, ging ein paar Meter die Wiedner Hauptstraße entlang und bog schließlich in die Phorusgasse ein.

Nummer neun ist ein hässlicher alter Gemeindebau, vollgestopft mit Bienenwaben-Garçonnièren, in denen Arbeiter und Studentengesocks hausen. Die Miete ist zu bezahlen, die Nachbarn glänzen durch Unsichtbarkeit und das Klo am Gang ist halbwegs sauber. Aber die Hauptsache ist, dass ich eine Bude für mich allein habe. Zwei Jahre in durchwegs chaotischen Wohngemeinschaften hatten mich zum heißesten Anwärter auf den Singlefanatikerthron gemacht.

Da ich vom Speed immer noch wach war, trank ich eine Kanne Kräutertee und genehmigte mir dazu einen Joint. Hunger hatte ich keinen, dank der *Köstli*-Pommes, die meinen Magen malträtierten.

Ich legte mich ins Bett und quälte mich durch das *Rhizom* von Deleuze/Guattari. Ich brauchte fast drei Stunden für verdammte vierzig Seiten und verstand trotzdem die halbe Zeit nur Bahnhof. Ich starrte noch ein bisschen die Risse und Flecken an der Decke an, versuchte einen Sinn in dem zu finden, was ich eben gelesen hatte, und schlief gegen Mitternacht zutiefst verwirrt ein.

2

Das Gepolter von Mülltonnen, die mit viel Schwung über Gehsteigkanten geschoben wurden, weckte mich gegen halb elf. Ich wälzte mich zur Seite, um der grellen Hitze des Sonnenflecks zu entfliehen, der auf meinen Oberkörper projiziert wurde. Ich hatte Wortfetzen wie *Rhizom machen* oder *Sei der rosarote Panther* im Kopf.

Noch halb vom Schlaf betäubt, angelte ich die Fernbedienung unter dem Bett hervor. Ich drückte die Play-Taste, und Henry Rollins brüllte mir ins Ohr, dass er eine geballte Faust sei, bereit, die Wand zu küssen. Ich drehte etwas lauter, ließ die Musik im Zimmer umherfließen und stand schließlich auf.

Im Vorraum, der die Größe eines Kinderbeichtstuhls hatte und gleichzeitig Küche, Bad, Abstellkammer und Empfangszimmer war, herrschte die übliche Unordnung. Feuchte, gammlig riechende Handtücher, Altpapier, Säcke mit Dosen, Plastikfolie, Biomüll und Restmüll. Seit es in Wien das neue Mülltrennungsgesetz gab, machten die Tragtaschenhersteller den dreifachen Umsatz. Ich sah mir diese Sackversammlung an und fragte mich zum wiederholten Male: Wozu das Ganze?

Ich schraubte die Glühbirne, die über dem Spiegel hing, ganz in die Fassung hinein, um ein bisschen Licht zu haben. Schalter gab es keinen. Dann schmierte ich mir das Gesicht mit Rasierschaum voll, suchte mein Rasiermesser und fand es unter einem Haufen gebrauchter Taschentücher. Ich hatte das alte rostige Ding mit Perlmuttgriff vor Jahren auf dem Flohmarkt gekauft, die Klinge schleifen lassen und dann unter unzähligen schmerzhaften Selbstversuchen gelernt, damit umzugehen.

Ich betrachtete argwöhnisch das Messer und hoffte, dass es nicht allzu stumpf war. Verdammt, Blut! Die erste feinfühlige Kontaktaufnahme mit meiner Haut hatte gleich einen Special-Effects-Charakter angenommen. Das Blut lief über mein rasierverschaumtes Gesicht wie ein angeschossener Hase über ein Schneefeld.

Ich wollte gerade zum Alaunstift greifen, um den Quell des roten Rinnsals trockenzulegen, als es an der Wohnungstür klingelte. Das konnte nichts Gutes bedeuten.

Ich schlang mir, nur mit Boxershorts bekleidet, ein Handtuch um den Nacken, das nach gammligem Thunfisch roch, und öffnete die Tür. Das Rasiermesser hielt ich lässig in der rechten Hand.

Vor mir stand ein ungefähr ein Meter sechzig kleiner Mann, knapp vierzig Jahre alt, brauner Anzug, weißes Hemd, schwarze Krawatte, unförmige schwarze Bequemgeherschuhe. Die spärlichen Haarbüschel über seinen Ohren waren ungeschickt in die Mitte gekämmt.

„Ja?", fragte ich so freundlich wie ein Angestellter des Wiener Tourismusverbandes, wenn der vierunddreißigste Familienvater aus dem süddeutschen Raum wissen will, ob es eine Gruppenermäßigung gibt.

„Entschuldigung“, sagte der Braunmensch und hielt mir einen Ausweis vors Gesicht, „ich komme von der Post. Genauer gesagt von der Rundfunkabteilung.“ Schön für ihn.

Ein Tropfen Blut klatschte von meinem Kinn auf den Boden. Der Braunmensch machte einen erschrockenen Satz nach hinten.

Ich sagte: „Sage er, was er wolle, oder ziehe er von dannen!“

„Äh, was?“ Ich hörte die Zahnrädchen in seinem Gehirn rotieren, die vergeblich versuchten, irgendwo einzurasten.

„Was wollen Sie, verdammt noch mal? Sind Sie ein Perverser, der auf nackte Männeroberkörper steht?“ Ich blähte meinen Brustkorb auf und streckte mich zu meinen vollen ein Meter vierundachtzig.

Der Braunmensch wippte von einem Fuß auf den anderen und strich sich über die kahle Stelle in seiner Schädelmitte.

„Nein“, sagte er mit leiser Stimme, „es geht um Ihre Rundfunkgebühren. Für Ihr TV- und Radiogerät.“

„Ich hab keine Glotze“, sagte ich. „Brauch ich nicht, bin jetzt schon blöd genug.“ Langsam wurde mir kalt hier draußen im Stiegenhaus, so halbnackt, wie ich war.

„Ich glaube, ich verstehe nicht ganz, worauf Sie hinauswollen.“ Wieder das Zahnradknirschen.

„Ich hab keinen Fernseher“, sagte ich, „und auch kein Radio. Nur ’ne alte Stereoanlage. Gebraucht, verstehen Sie?“

Was natürlich gelogen war. Ich hab sie nagelneu und originalverpackt bekommen, nur dass sie nicht aus einem Geschäft stammte, sondern aus einem Warenlager.

Mein Kinn blutete immer noch, und der Rasierschaum im Schnitt trug nicht gerade zur Schmerzlinderung bei. Platsch! Der nächste Tropfen.

„Hören Sie", sagte der Braunmensch mit besorgter Stimme, „soll ich nicht lieber einen Arzt rufen? Oder Ihnen zumindest die Nummer einer Beratungsstelle dalassen? Ich hatte auch mal so große Probleme, dass ich dachte, ich kann nicht mehr. Damals, als meine Elvira mich verlassen hat."

Ich glaubte, eine Träne in seinem Augenwinkel aufblitzen zu sehen.

„Aber nichts ist so schlimm", fuhr er fort, „als dass man es nicht bewältigen könnte. Glauben Sie mir, der Suizid ist keine Lösung!"

Er produzierte ein paar linkische Gesten, die wohl so etwas wie eine Tröstung sein sollten. Ich hatte die Schnauze endgültig voll.

„Hören Sie mal zu, Sie Komiker! Es ist elf Uhr morgens, ich habe nicht gut geschlafen, mich beim Rasieren geschnitten und komme nun wegen Ihres dämlichen Gequassels nicht dazu, mir endlich diese Säure aus dem Gesicht zu wischen. Also, verdammt, was genau wollen Sie!?"

„Nun, es geht um Ihr Radio", fing der Braunmensch wieder an. „Ihre Stereoanlage verfügt doch über ein eingebautes Radio, nicht wahr?"

„Sicher."

Er strahlte mich zufrieden an.

„Und genau dieses Radio ist nicht angemeldet. Uns liegt jedenfalls keine Eintragung darüber vor, Sie verstehen?"

„Moment mal", brauste ich auf. „Woher wollen Sie wissen, dass ausgerechnet mein Radio nicht angemeldet ist?" Ich spielte den Blöden. Ich wollte diesem naiven Braunmenschen die kleine Freude nicht verderben. Beamte lieben alles, was mit Technik zu tun hat.

Der Braunmensch streckte sein kleines, schlechtrasiertes Kinn vor und sagte: „Peilung."

„Peilung?", echote ich. Ein Schaf konnte nicht blöder klingen.

„Genau. Wir haben Peilwagen, und mit denen suchen wir jeden Bezirk nach nicht angemeldeten Rundfunkteilnehmern ab."

Endlich war er seinen Spruch losgeworden. Er strahlte mich an wie die Reste einer Plutoniumbombe.

„Sie überwachen mich?", fuhr ich ihn an. „Sie spionieren mir nach? Hören Sie, Freundchen, kennen Sie die Verfassung, von wegen Privatsphäre und so?" Ich spielte den Entrüsteten. Ich wusste nicht, ob es in der Verfassung einen Artikel gab, der sich aufs Radiohören bezog, aber ich spekulierte darauf, dass der Braunmensch das auch nicht tat.

„Nein, so ist das nicht", leierte er weiter. „Wir spionieren Ihnen nicht nach. Wir suchen nur systematisch nach Rundfunkteilnehmern, die sich illegal verhalten, verstehen Sie?“ Beim Wort *illegal* schien er zehn Zentimeter zu wachsen.

Ich fand das Ganze nicht mehr witzig.

„Hören Sie, Sie Schwarzpeiler, das Einzige, das ich verstehe, ist, dass Sie Ihre Nase in Angelegenheiten stecken, die Sie nichts angehen. Meine Angelegenheiten!“

Ich trat einen Schritt nach vorn und blickte wie beiläufig auf das Rasiermesser in meiner Hand. Der Braunmensch machte einen weiteren Satz zurück.

„Ja, also“, stammelte er, „angesichts der psychischen Probleme, die Sie offensichtlich im Moment haben, glaube ich, können wir von einer Untersuchung dieser speziellen Angelegenheit vorläufig absehen.“

Er kam ungefähr vier Zentimeter auf mich zu und stellte sich auf die Zehenspitzen.

„Vorläufig. Habe ich mich damit deutlich ausgedrückt?“

Ich grinste ihn an und sagte: „Alles klar, Chef.“ Dann knallte ich ihm die Tür vor der Nase zu.

Ich wischte mir klebrigen Schweiß von der Stirn. Das war gerade noch mal gutgegangen. Eine Anzeige wegen Schwarzhörens könnte ich mir im Moment nicht leisten. Zwanzigtausend wären das Minimum.

Ich ging zurück ins Zimmer und kramte in meinem Zaubernachttisch nach einem Schraubenzieher und einer Zange. Dann ging ich zur Stereoanlage und schraubte den Deckel des Empfängers ab. Ich wählte ein paar Drähte – giftgrüne, die sahen am ekligsten aus –, hoffte, dass sie mit dem Rest des Kastens nichts zu tun hatten, und knipste sie durch. Ich wollte mich nicht in Versuchung führen lassen. Außerdem kam auf Ö3 sowieso nur Scheißsound.

Mittlerweile hatte mein Kinn aufgehört zu bluten. Vorsichtig wusch ich mir den bräunlich-weißen Schaum vom Gesicht. Blieb ich heute eben stachelig. Ich hatte sowieso kein Rendezvous.

Ich zog mein Harley-T-Shirt an und machte mir eine Kanne Kaffee, als das Telefon klingelte. Heute hatte es offenbar jeder auf mich abgesehen; kurz nach zwölf, und schon die zweite Störung.

„Falsch verbunden", sagte ich und legte auf. Ich kam mir dabei nicht übermäßig witzig vor, ich wollte einfach nur in Ruhe meinen Kaffee trinken. Ich betrachtete in meditativer Andacht die Kaffeemaschine, sah zu, wie sich die heißen Wassertropfen durch das grobkörnige braune Pulver fraßen, als das Telefon erneut läutete. Ein verdammt hartnäckiger Störenfried.

„Jaah?", sagte ich.

„Du wirst mich vielleicht nicht mehr kennen", sagte eine männliche Stimme. „Wir haben uns lange nicht mehr gesehen, und du wunderst dich wahrscheinlich, dass ich ausgerechnet dich anrufe, nach allem, was zwischen uns war." Verdammt, war das die Telefonausgabe von *Was bin ich?*?

„Hör mal“, sagte ich, „deinen Sinn für Theatralik in allen Ehren, aber gewinn ich ’nen Preis, wenn ich errate, um welchen Spaßvogel es sich handelt, oder ist das Ganze nur ’ne miese Verarschung?“

Die Stimme sagte: „Ich bin’s. Paul.“

Paul! Der hatte mir zu meinem Glück gerade noch gefehlt! Diese miese kleine Kröte, der ich damals, als wir gemeinsam in Vorarlberg zur Schule gegangen waren, die Nase gebrochen hatte, mit voller Absicht und großer Befriedigung.

Dieses Würstchen hatte mir meine Freundin ausgespannt, hatte sie mit seinem intellektuellen Gesülze eingewickelt und ihr nach allen altmodischen Regeln der Kunst den Hof gemacht. Blumen, Bonbonnieren mit handgeschriebenen Gedichten, Theaterabende. Als ob sich Simone fürs Theater interessiert hätte! Die war nur scharf aufs Kiffen, Bumsen und Herumhängen gewesen; Disziplinen, in denen ich alle Rekorde hielt.

Aus irgendeiner sentimentalen Regung heraus, wahrscheinlich Mitleid, nahm Simone schließlich eine von Pauls grotesk-schüchternen Einladungen an, und von da an glaubten sie, in einem Rosamunde-Pilcher-Roman zu leben. Paul, diese Niete, konnte zwar den Profit einer Supermarktkette, die billige Ananas aus Südafrika importierte, im Kopf ausrechnen, musste aber nach drei Zügen an einer Pall Mall kotzen.

Ich hatte nicht die geringste Lust, mit ihm zu reden, und sei es nur am Telefon. Mit achtzehn bedeuten

Liebesaffären die Welt, und ich war verdammt nachtragend.

„Hallo, Jochen?“, fragte er mit höflicher Stimme. „Bist du noch dran?“

„Ja, verdammt!“, fauchte ich in den Hörer. „Was willst du, du Kröte? Ich bin gerade beim Frühstück.“ Ich nahm die gefüllte Kanne aus der Kaffeemaschine, suchte eine saubere Tasse samt Löffel, Milch und Zucker und trug alles ins Zimmer, den Hörer unters Ohr geklemmt. Dann setzte ich mich aufs Bett.

„Entschuldige. Ich wollte dich nicht stören, aber ich dachte …“

„Was dachtest du, mein Herzchen?“, fiel ich ihm ins Wort. „Dass man kurz nach zwölf sein wohlverdientes Mittagessen nach vier Stunden Frondienst verdaut?“ Ich hörte ihn schlucken.

„Wenn dir mein Anruf ungelegen kommt, melde ich mich in einer Stunde noch mal“, flüsterte er ins Telefon.

„Den Teufel wirst du!“

Eine Stunde lang herumzusitzen, Kaffee zu schlürfen und auf den neuerlichen Anruf von diesem Kretin zu warten, würde mich noch mehr nerven, als es gleich hinter mich zu bringen. Außerdem konnte ich immer noch auflegen.

„Hör mal, mein Herzchen“, sagte ich, „meine Geduld ist langsam zu Ende und mein Kaffee langsam kalt, also spuck endlich aus, was du von mir willst!“

Ich goss mir eine Tasse Kaffee ein. Als ich umrührte, blieb der Löffel beinahe stecken.

„Tja, ich weiß nicht genau, wie ich anfangen soll“, stammelte Paul in mein Ohr.

Ich sagte: „Mit dem Anfang.“

„In Ordnung. Wie du vielleicht weißt, sind Simone und ich nach der Matura zusammengeblieben. Wir gingen nach Innsbruck, um dort zu studieren. Ich wählte Betriebswirtschaft, Simone hat sich für Ethnologie entschieden. Wir mieteten eine kleine Zweizimmerwohnung nahe der Uni, und die erste Zeit lief alles gut.

Wir kamen voran mit unseren Studien, und auch mit unserer Beziehung klappte es halbwegs. Ich wusste, dass Simone auch mit anderen Männern ins Bett ging, aber wir hatten die stillschweigende Abmachung getroffen, dass das nie in unserer Wohnung passierte. Mit diesem Arrangement konnte ich leben.

Irgendwann lernte sie dann diese Clique kennen. Hausbesetzer. Punks. Drogensüchtige. Dieses ganze Gesindel eben.“

Ich musste grinsen. Offensichtlich war Paul sich seiner unfreiwilligen Komik nicht bewusst, wenn er mir, einem Ex-Junkie, solche Sprüche unter die Nase rieb.

Ich nahm einen Schluck Kaffee. Das Gesöff war so stark, dass man ’ne Fehlgeburt davon bekommen konnte.

„Von da an ging es mit Simone bergab“, fuhr Paul fort. „Sie schwänzte die Vorlesungen. Blieb nächtelang weg. Rauchte nicht mehr nur Joints, sondern war auch immer öfter auf LSD oder Speed. Dann kam der Griff zur Nadel."

Ich bekam eine Gänsehaut auf den Unterarmen. Diese Story klang nur allzu vertraut.

„Scheiße, Paul", sagte ich, „das Leben ist hart und gemein, aber was du mir da erzählst, haut mich nicht vom Hocker. Simone war nicht unbedingt der Typ, der sich lange für etwas interessierte, aber Drogen sind die Ausnahme. Ab einem gewissen Stadium üben sie eine geradezu magische Anziehungskraft aus, wenn du verstehst, was ich meine." Ich trank den Kaffee aus. Mein Puls war auf hundertvierundachtzig.

„Lass mich bitte zu Ende erzählen, Jochen", meinte er. „Simone ist nicht tot, falls du denkst, dass ich dich deswegen anrufe. Sie ist abgehauen. Genauer gesagt, verschwunden.

Während ich auf einer Vorlesung war, brachte sie meine Stereoanlage samt Klassik-CD-Sammlung in ein Pfandleihhaus. Sie nahm auch die Haushaltskasse mit und versuchte, unser gemeinsames Konto zu leeren, aber der Bankangestellte erzählte mir, Simone habe das Losungswort nicht mehr gewusst. Das Losungswort, mein Gott! *W. H. Auden.* Wie oft habe ich ihr Gedichte von ihm vorgelesen, und sie vergisst es einfach!"

Ich hörte Paul schnüffeln.

„Du fängst doch jetzt nicht an zu flennen, oder?", fragte ich.

„Nein, nein“, murmelte er nach Fassung ringend, „aber die Erinnerungen an die Zeit mit Simone kommen wieder hoch.“

„Mir kommt gleich was ganz anderes hoch, wenn du nicht bald weiterredest!“, bellte ich in den Hörer. Dieser Kaffee brachte mich wirklich auf Touren.

„Entschuldige. Wie gesagt, Simone ist verschwunden, ohne mir ein Wort zu sagen. Sie hat nur einen Zettel dagelassen, auf dem stand, dass sie nach Wien gegangen sei. Keine Adresse, keine Telefonnummer, nichts.“

Ein plötzlicher, boshafter Drang von Neugier überkam mich.

„Was genau stand denn auf dem Zettel?“, fragte ich scheinheilig.

„Also“, stammelte Paul, „ich denke nicht, dass das in diesem Fall von besonderer Bedeutung ist.“

„Paul, mein Herzchen“, wandte ich diplomatisch ein, „du willst doch etwas von mir, also muss ich alles wissen, jedes Detail, verstehst du?“

„Na gut“, sagte er leise, „wenn du es unbedingt hören willst. Sie hat *Leb wohl, du kleinkariertes Muttersöhnchen* auf den Zettel geschrieben.“ Ich konnte richtiggehend hören, wie er rot anlief.

Ich unternahm nicht einmal den Versuch, mein Lachen zu unterdrücken.

„Eines muss man Simone lassen“, prustete ich ins Telefon, „sie hat dich wirklich gut gekannt.“

„Bitte lass das, Jochen", sagte Paul mit gequälter Stimme. „Mir ist nicht nach Spaßen zumute."

Dann plötzlich, sehr bestimmt: „Ich will Simone wiederhaben, und du musst mir dabei helfen."

Dieser neue Tonfall gefiel mir überhaupt nicht.

„Jetzt pass mal auf, Paul, zwei Dinge: Erstens *muss* ich überhaupt nichts, klaro? Und zweitens ist Simone keine CD aus deiner Sammlung, die du wieder zurückholen kannst. Sie wird schon ihre Gründe gehabt haben, dein trautes Heim zu verlassen."

„Es war unser Heim, nicht meines." Er flüsterte schon wieder. „Bitte, Jochen, du musst mir helfen! Ich vermisse sie, verdammt noch mal! Aber ich kenn mich in Wien nicht aus, vor allem nicht in der Drogenszene, in der sich Simone wahrscheinlich herumtreibt. Aber du sollst da mittendrin stecken, nach allem, was ich so gehört habe."

Irgendetwas an seinen Beschwörungen klang falsch. Er konnte die gebrochene Nase nicht vergessen haben. Ich würde auf der Hut sein.

„Ich bin schon lange nicht mehr in der Szene", sagte ich. Außerdem ist Wien nicht New York. Wien ist kein Dschungel. Hier ist nicht mehr los als in Innsbruck, nur dass wir hier 'ne U-Bahn haben."

„Aber ich kenn doch sonst niemanden dort", jammerte er unbeirrt weiter. Er kapierte es einfach nicht.

Ich sagte: „Ich glaube, du verwechselst mich mit jemandem. Ich bin nicht Burke, Detektiv ohne Lizenz, oder Philip Marlowe. Die lieben den Dschungel. Was ich liebe, ist meine Ruhe."

Ich schenkte mir Kaffee nach.

Ich dachte an Pauls ständig steigende Telefonrechnung und sagte eine Minute lang gar nichts. Ich hielt mir den Hörer ans Ohr, trank meinen Kaffee und lauschte seinem Schnaufen.

„Jochen? Bist du noch dran?"

„Sicher."

„Hör mal", sagte er, „ich mach dir einen Vorschlag oder, genauer gesagt, ein Angebot, das du gar nicht ablehnen kannst." Seine Stimme hatte plötzlich einen harten und selbstzufriedenen Unterton.

„Lass hören", sagte ich abwartend.

„Du suchst Simone, und zwar eine Woche lang. Du klapperst alle Orte ab, an denen sie sein könnte. Lässt deine Beziehungen spielen. Ich bezahl dir zehntausend für diese Woche. Okay?"

„Und wenn ich sie nicht finde?", fragte ich.

„Bekommst du das Geld trotzdem. Im Voraus, wenn du willst."

„Will ich. Was, wenn ich sie finde, sie aber nichts von dir wissen will?"

Paul, wieder sehr bestimmt: „Das lass meine Sorge sein. Falls du sie findest, gibst du ihr einen Brief, den du von mir noch bekommst."

Allein die Vorstellung, für diese Kröte zu arbeiten, bereitete mir Kopfschmerzen, aber so üppig war meine

Arbeitslosenunterstützung nicht, als dass ich auf zehntausend legal verdiente Piepen verzichten konnte.

„Kannst du dir das eigentlich leisten?", fragte ich. „Ich weiß nicht, was du im Moment beruflich machst, aber zehn Riesen sind nicht wenig Geld. Damit könntest du dir sicher einen richtigen Schnüffler kaufen."

„Natürlich habe ich mich danach erkundigt", sagte Paul. „Ein Privatdetektiv würde mindestens gleich viel kosten. Aber in dich habe ich stärkeres Vertrauen. Immerhin war Simone mal deine Freundin. Es müsste also auch in deinem Sinne sein, sie aus dem Schlamassel zu holen."

Paul, mein Herzchen, träum weiter!

Dass Simone meine frühere Freundin war, bedeutete mir jetzt so viel wie ein Fingerschnippen. Außerdem war gar nicht gesagt, dass sie überhaupt in Schwierigkeiten steckte. Wahrscheinlich hatte sie einfach nur die Schnauze voll gehabt von diesem Idioten Paul. Aber ich ließ ihn in dem Glauben, dass meine Gefühle für Simone ebenso stark ins Gewicht fielen wie die Aussicht auf leicht verdientes Geld. Denn worauf das Ganze hinauslaufen würde, war klar: ein paar Rotlichtschuppen abklappern, einige Peepshows besuchen und ab und zu am Karlsplatz vorbeischauen. Sonst nichts. Dachte ich jedenfalls.

„Ich arbeite seit kurzem in einer Bank", sagte Paul. „Du musst dir also wegen des Geldes keine Sorgen machen. Das ist für mich kein Problem, bei meinem Gehalt.“ Wieder schwang eine Spur Selbstzufriedenheit in seiner Stimme mit.

Ich stopfte mir ein Kissen hinter den Rücken und lehnte mich am Bettrand an die Wand.

Paul sagte: „Aber dir ist hoffentlich klar, dass ich nach Wien komme und dich bei deiner Suche begleite. Ansonsten würdest du dich wahrscheinlich eine Woche in deinem Zimmer einsperren, mir was vorlügen von wegen ergebnisloser Suche und dich mit Drogen vollpumpen von meinem Geld.“

Jetzt fühlte ich mich wieder wohler. Das war der gute, alte Paul. Ein kleinkariertes, misstrauisches und überhebliches Arschloch. Kein Wunder, dass Simone verduftet war. Ich fragte mich ohnehin, wie sie es so lange mit diesem Charmeversprüher der Giftklasse eins ausgehalten hatte.

„Ich warte auf deine Antwort“, quäkte mir Paul ins Ohr. „Du wirst auf das Geld wahrscheinlich nicht verzichten können, wenn die Gerüchte, die ich über dich gehört habe, auch nur ansatzweise stimmen.“

Paul, du Arschloch, warum hältst du nicht einfach deine Klappe? Ich mach’s ja!

„Was willst du hören, Paul?“, fragte ich und schüttete mir noch etwas Kaffee in den Schlund. „Dass ich auf dem Zahnfleisch krieche? Dass ich ohne deine lächerlichen zehn Riesen in der Gosse lande? Ich mach’s, okay, ich such dein Schätzchen, aber verschon mich gefälligst mit deiner Scheißgönnernummer!“ Ich war wirklich stinksauer.

„Tut mir leid, Jochen“, sagte er. „Ich hab’s nicht böse gemeint.“ Klang verdammt halbherzig, dieser Spruch.

„Jaja, vergiss es. Wann bist du hier?“

„Das weiß ich noch nicht genau. Ich schätze, in drei oder vier Tagen. Ich kann hier nicht einfach von heute auf morgen für eine Woche verschwinden. Ich muss vorher einiges erledigen. Ich trage schließlich Verantwortung.“ Er klang wie kurz vor dem Platzen.

„Jetzt pass mal auf, mein Herzchen! Ich bin kein Fremdenführer, der auf Abruf bereitsteht. Du glaubst doch nicht, dass ich hier tagelang rumsitze und warte, bis du dich nach Wien bequemst. Ich hab schließlich noch was anderes zu tun.“

Was natürlich gelogen war. Von postmodernen Franzosen hatte ich im Moment genug, und ansonsten hatte ich nichts vor, außer herumzuhängen. Aber ich wollte nicht, dass Paul sich einbildete, meine uneingeschränkte Benutzbarkeit mit den paar Piepen kaufen zu können. Natürlich waren zehn Riesen eine ordentliche Summe, aber wenn man mal mit Drogengeschäften zu tun gehabt hatte, dachte man in anderen Dimensionen.

„In Ordnung“, gab er klein bei. „Ich vermute, ich werde das schon hinkriegen in der Bank. Obwohl es keinen guten Eindruck macht, wenn ich mir jetzt eine Woche Urlaub nehme, wo ich erst so kurz hier arbeite.“

Heulte mir erst die Ohren voll wegen seiner verlorenen Liebe und bekam dann Panikschübe wegen eines Urlaubs! Was für ein Herzchen.

„Sag, Jochen“, fragte er zaghaft, „könntest du mir noch einen Gefallen tun?“ Langsam ging er mir auf die Eier.

„Was denn für einen? Brauchst du ein bisschen Koks, um deinem Chef als ganzer Kerl entgegenzutreten?“ Ich goss mir die nächste Tasse Kaffee ein. Jeden Tag so ein Gespräch und so einen Kaffee, und ich gebe mir noch drei Jahre bis zum ersten Herzinfarkt.

„Nun, ich vermute, du willst nicht, dass ich bei dir wohne.“

„Darauf kannst du Gift nehmen.“

„Dachte ich mir. Aber du könntest mir ein Hotelzimmer reservieren. Am besten in deiner Nähe.“

„Wenn's unbedingt sein muss. Soll ich dir auch noch einen Begleitservice organisieren, der dich in Innsbruck zum Bahnhof bringt, oder schaffst du das alleine?“, fragte ich so trocken wie fünf Wochen alter Zwieback.

„Äh, was?“

„Vergiss es. Ich reservier dir ein Zimmer im Hotel *Drei Kronen* in der Schleifmühlgasse. Genau dein Ambiente, und liegt nicht weit von mir. Ich erwarte dich dann am Freitag. Ich denke, drei Tage müssten genügen, um deine überaus wichtigen Angelegenheiten zu regeln.“

„Das geht mir ein bisschen zu schnell!“, protestierte Paul. „Ich weiß noch gar nicht, wann ein Zug fährt und …“

Sein Scheißstammeln ging mir auf die Nerven.

„Vier Uhr achtundzwanzig ab Innsbruck Hauptbahnhof, zehn Uhr vierunddreißig an Wien Westbahnhof“, sagte ich prompt.

„Da muss ich ja um halb vier in der Früh aufstehen!“

„Vier Uhr nachmittags, du Idiot!“

„Ach so.“

Ich schüttete meinen inzwischen kalt gewordenen Kaffee in den Blumentopf und spazierte im Zimmer umher; mit zehn Meter Verlängerungskabel kein Problem.

„Also dann bis Freitag“, sagte er. „Du holst mich doch vom Bahnhof ab, oder?“

Ich war nicht überrascht. Ich hatte es kommen sehen.

„Klar“, sagte ich. Ich klang nicht übermäßig begeistert.

„Gut“, sagte Paul, „das wäre dann wohl alles.“ Schon wieder seine verdammte Flüsterstimme.

„Nicht ganz“, wandte ich ein. „Die Kohle. Wenn du heute zur Bank gehst und die Überweisung ausstellst, ist sie bis Freitag hier.“

„Ich wusste gar nicht, dass du ein Konto hast“, sagte Paul erstaunt.

„Paul, mein Herzchen, es gibt vieles, das du von mir nicht weißt.“ Ich nannte ihm meine Kontodaten.

„Eine Frage habe ich noch: Woher hast du eigentlich meine Telefonnummer?“

Ein leichtes Hüsteln.

„Aus Simones Notizbuch." Er sagte das in einem Tonfall, als hätte er gerade gestanden, ein Kinderschänder zu sein. Ich fing an, Simone wieder in mein Herz zu schließen. Offensichtlich hatte sie ihm auf allen Ebenen zugesetzt.

„Alles klar", sagte ich. „Ich hol dich am Freitag vom Bahnhof ab."

„Bis ..."

Ich legte auf. Ließ mir die Geschichte noch mal durch den Kopf gehen. Ich als Schnüffler. Warum nicht?

Ich parkte das Telefon am Boden und starrte die Kaffeekanne an. Fühlte meinen Puls. Trabte in die Küche, schüttete den restlichen Kaffee in den Ausguss und trank einen halben Liter Orangensaft. Aß dazu ein Naturjoghurt, dessen Datum abgelaufen war und das zum Kotzen schmeckte. Dann ging ich zurück ins Zimmer und schob eine CD in die Anlage. Henry Rollins sang, dass er jemanden gleichzeitig liebte und hasste. Ich dachte an Simone und Paul.

Ich trat ans Fenster und schaute hinunter auf die Straße. Mir war, als hätte ich eben ein rotes Golf Cabrio um die Ecke verschwinden sehen.

3

Freitagnacht. Westbahnhof.

Ich lungerte in der Eingangshalle herum, schielte zu den aufgestapelten Pornoheften, die an allen Ecken angeboten wurden, sehnte mich nach einer Zigarette. Seit siebenundvierzig Tagen rauchfrei; das war ein guter Grund, es auch zu bleiben.

Ich zog mir ein Päckchen Kaugummi aus einem der Automaten, setzte mich auf eine mit Rotwein und obszönen Sprüchen beschmierte Bank und wartete. Laut Anzeigetafel hatte der Zug aus Bregenz über Innsbruck und Salzburg eine Dreiviertelstunde Verspätung. Hätte mich nicht gewundert, wenn Paul was damit zu tun gehabt hätte.

Ich saß da, kaute Kaugummi, versuchte, nicht an Zigaretten zu denken, und schaute den Leuten zu, wie sie trotz der späten Stunde hektisch durch die Gegend flitzten. Eine Frau, ganz in Rot, zog einen weißen Pudel hinter sich her, der eine Art rotes Kostüm trug, an dessen Seite ein goldenes *F* eingestickt war, und rief: „François, mein kleiner Schnuckiputz, sei ein artiges Hundchen und gehorch der Madame!" Der kleine Kläffer dachte gar nicht dran, ein artiges Hundchen zu sein. Er zerrte an der Leine, schnappte nach den Strumpfhosenfesseln der Madame und legte zu guter Letzt einen schönen großen Haufen mitten in die Eingangshalle. Stress führt bei Hunden offenbar dazu, dass sie ihren Schließmuskel nicht mehr unter Kontrolle haben. Der Hund schien sich über sein Geschäft zu freuen, denn er gab augenblicklich Ruhe. Die distinguierte Dame wurde so rot, dass sie ihrem Kleid Konkurrenz machte, fummelte ein Säckchen aus ihrer Handtasche, sammelte den Hundehaufen ein, warf ihn, das Säckchen mit den Fingerspitzen haltend, in einen Mistkübel und eilte hastigen Schrittes dem Ausgang zu, den Kläffer hinter sich herziehend.

Ich stand auf, ging zur Rolltreppe und fuhr runter zur Ein- und Ausgangsebene. Ich betrachtete mein Spiegelbild an einem Fotoautomaten und schaute den wenigen hübschen Frauen nach. Ein Penner mit struppigem Bart und ehemals elegantem Mantel latschte auf schiefgetretenen Cowboystiefeln auf mich zu und schnorrte mich um Geld an. Ich griff in die Tasche, holte wahllos ein paar Münzen heraus und drückte sie ihm in die schmutzstarrende Hand. Der Penner zauberte eine Flasche unter seinem Mantel hervor und bot mir einen Schluck an. Billigster Fusel, eigentlich das reinste Brechmittel, aber es war Freitagnacht, kurz vor elf, der Westbahnhof erschien mir noch trostloser als sonst, also runter mit dem Zeug! Es schmeckte grauenhaft.

„Weißt du, mein Junge“, fing der Typ an, „im Wein, da liegt die Wahrheit. Das wussten schon die alten Römer, Gott hab sie selig.“

Er riss mir die Flasche aus der Hand und schaute sie verliebt an. Ich machte, dass ich fortkam. Ein philosophierender Penner hatte mir gerade noch gefehlt. Mir genügte schon der, auf den ich hier wartete und der nicht daherkam.

Ich schlug die restliche Wartezeit mit Kaugummikauen und Herumlungern tot. Schließlich signalisierten mir die Lämpchen auf der Anzeigetafel, dass der Zug mit Paul angekommen war. Ich ließ mich von der Rolltreppe wieder nach oben bringen, setzte meinen finstersten Gesichtsausdruck auf – rein prophylaktisch – und hielt in den Menschenmassen nach einer mittelgroßen Gestalt Ausschau. Ich sah jemanden über einen Koffer stolpern, hörte ein dezentes Fluchen und ringsum vorgetragene Entschuldigungen. Paul.

„Au", sagte er und rieb sich das Knie. „Rücksichtsloses Pack." Er wirkte wie frisch aus der Bügelpresse. Dass er rund sechs Stunden im Zug gesessen hatte, sah man ihm nicht an. Weißes Hemd, schwarze Anzughose, dunkelblaues Sakko, alles tadellos. An seinem Handgelenk funkelte eine goldene Uhr, ein Solitär glitzerte am kleinen Finger. Nette Manschettenknöpfe. An den Füßen die unvermeidlichen Lacklederschuhe. Genau der Typ, der zwischen seinen Hemden die Hardcorepornos versteckt.

Er richtete sich zu wenig imponierenden ein Meter fünfundsiebzig auf und ließ seine Hand sanft auf einem riesigen Samsonite-Koffer ruhen, der groß genug war, dass er im Notfall darin hätte übernachten können.

„Hallo, Jochen", sagte er und schaute dabei links und rechts an mir vorbei. „Wartest du schon lange? Der Zug hatte ein bisschen Verspätung, entschuldige." Er blickte verlegen zu Boden.

„War hoffentlich nicht deine Schuld", sagte ich leise. Nur nicht aufregen, bevor das Ganze überhaupt begonnen hatte.

Paul schaute sich um, als ob es irgendeine Aussicht zu bewundern gäbe, streifte mich dann für einen Sekundenbruchteil mit seinem Blick und sagte: „Gehen wir? Ich bin ziemlich müde. Hab die ganze Fahrt kein Auge zugemacht. In meinem Nebenabteil hat sich ein Haufen tobender Schüler eingenistet."

Er zog sein Kofferungetüm neben mich, hüstelte und ging zur Rolltreppe. Moment mal, so lief das nicht!

„He!", rief ich ihm nach. „Du bildest dir doch nicht ein, dass ich deinen Koffer schleppe." Ich starrte Paul entschlossen an. Er hielt meinem Blick zwei Zehntelsekunden stand, dann schlurfte er zurück, packte den Griff seines Koffers mit grimmiger Entschlossenheit und murmelte einen Fluch. Langsam wurde er aufmüpfig.

Ich steckte meine Hände in die Hosentaschen und bearbeitete meinen Kaugummi.

„Ich weiß gar nicht, was du hast", sagte ich mit zuckersüßem Lächeln. „Dein Monster hat Rollen. Ist doch ein Klacks für dich."

Er warf mir einen bösen Blick zu und trottete mit rotem Gesicht hinter mir her. Trotz der Rollen war der Koffer offensichtlich mühsam zu transportieren.

Wir fuhren mit der Rolltreppe runter. Paul hatte einige Schwierigkeiten mit seinem Koffer, den die Schwerkraft unweigerlich nach unten zog. Wir hielten uns rechts und gelangten über eine weitere Rolltreppe zum U6-Zugang. Am Bahnsteig ließ sich Paul erschöpft auf sein Ungetüm fallen und wischte sich sein schweißfeuchtes Gesicht nicht ganz stilecht mit einem gebleichten Papiertaschentuch ab. Ich spuckte meinen geschmacklos gewordenen Kaugummi auf die Gleise und summte vor mich hin. Aus den Augenwinkeln sah ich Paul auf seinem Koffer kauern.

Die U-Bahn sauste heran. Sie stieß einen für diese Zeit beachtlichen Menschenstrom aus. Wir warteten, bis sich alle Aussteiger nach draußen bequemt hatten, und stiegen dann ein.

Die meisten Wagen der Linie U6 sind uralt und ähneln normalen Straßenbahnwagen. Seit kurzem gibt es auch Niederflurwagen, da aber nur jeweils eines dieser neuen Modelle pro Zug eingesetzt wird, ist dieses immer heillos überfüllt. Die Ein- und Ausgänge der alten Wagen sind sehr schmal und haben in der Mitte eine Haltestange, die das Ganze noch enger macht.

Natürlich verklemmte sich Pauls Koffer, die eingebaute Lichtschranke verhinderte ein Schließen der Türen, der Fahrer ließ über Lautsprecher verkünden, dass der Spaß jetzt hoffentlich bald zu Ende sei, Paul stürzte samt Koffer in den Wagen, landete auf einer korpulenten Dame, entschuldigte sich stammelnd, raffte sich auf, zupfte seine Klamotten zurecht und lehnte sich ans Fenster. Er war so grau im Gesicht wie die Haltestange.

Die anderen Fahrgäste bedachten Paul mit einem mitleidigen Blick, bevor sie sich wieder in ihre Boulevardblätter und knallbunten Taschenbücher vertieften.

Wir fuhren über die Gumpendorfer Straße zur Längenfeldgasse und stiegen dort um zur Linie U4. Während wir auf die Bahn Richtung Heiligenstadt warteten, bekam Paul plötzlich rote Flecken im Gesicht und fuhr sich mit dem Handrücken über die Stirn.

„Ich hab gar keinen Fahrschein", stieß er atemlos hervor und drehte sich nach allen Seiten um. „Ich bin schwarzgefahren. Ich muss mir sofort einen Fahrschein kaufen." Er suchte die Umgebung nach einem Ticketautomaten ab.

„Reg dich ab, Paul", sagte ich. „Um diese Zeit kontrollieren die Schwarzkappler nie. Du kannst dir morgen früh eine Wochenkarte kaufen. Auf dieser einen Fahrt passiert schon nichts."

Manchmal konnte sogar ich mich irren.

Die U4 kam. Als sich die Türen öffneten, schlug uns ein Schwall von Desinfektionsmitteln, süßlichem Schweiß und Kotze entgegen; das typische U-Bahn-Parfum. Paul hatte wegen der niedrigen Einstiegskante der neuen Wagen keine Probleme mit seinem Koffer und ließ ihn elegant hinter sich hergleiten.

Wir setzten uns in den hinteren, U-förmigen Teil des Wagens und lehnten uns in den Attrappenpolstern zurück. Die Bahn ruckelte los, blieb zwei Minuten später beim Margaretengürtel stehen; nichts passierte. Wieder Losfahren, wieder Stehenbleiben; Pilgramgasse.

Vier Typen mit kahlrasierten Schädeln stiegen ein. Zwei trugen olivfarbene Bomberjacken, die anderen beiden steckten in schweren, dunklen Ledermänteln, die mit militärischen Abzeichen verunziert waren. Der Kleinste von ihnen trug einen Sixpack Bier, der schon ziemlich leicht schien. Die anderen hatten ihre Hände in den Taschen dreckiger Jeans stecken, von deren Gürtelschlaufen eine schwere Kette zur hinteren Hosentasche führte. Sah verdammt nach Unannehmlichkeiten aus.

Ich schaute mich um und stellte zu meiner Freude fest, dass wir die einzigen Leute im Wagen waren. Es dauerte nicht lange, da hatte einer der Typen seinen glasigen Blick auf uns gerichtet und kam auf uns zugetorkelt.

„Na, ihr Penner“, lallte er, „so spät noch unterwegs? Hat euch Mami Ausgang gegeben?“ Er klammerte sich an der Haltestange fest und grinste uns an. Er sah verdammt besoffen aus. Ich tastete vorsichtig nach meinem Schlüsselbund in der Hosentasche und zog ihn etwas heraus.

„Was ist los mit euch? Hat's euch die Sprache verschlagen?“ Er kam einen Schritt auf uns zu und setzte seinen Fuß neben meinen Oberschenkel. Die Kappe seines Springerstiefels war aus Stahl. Reizende Aussichten.

„Mann, Udo, lass doch die Pfeifen!“, sagte der Typ mit dem Sixpack. Er stellte ihn ab und wankte zu uns rüber. „Der Kleine stirbt uns ja weg vor Angst, wenn wir ihn zu lange anschauen, und der andere sieht mir ganz wie ein dreckiger Junkie aus.“ Er nestelte in der Außentasche seiner Bomberjacke herum, förderte einen nicht eben sauberen Zahnstocher zutage und steckte ihn sich in den Mundwinkel.

Ich sah mir die beiden etwas genauer an und entdeckte eine weiße Schleife, die um ihren rechten Oberarm gewunden war. Darauf stand in schwarzen gotischen Lettern *Wite Wave.*

„Ganz richtig, ein dreckiger Junkie“, legte der Skin, der offensichtlich Udo hieß, wieder los. Er spuckte auf den Boden, warf mir einen verächtlichen Blick zu und sagte zum anderen Schrumpfkopf: „Verdammter Abschaum. Sind schlecht fürs Volkseinkommen, sind schlecht für die Moral, schaden dem gesamten Staat.“

Es gab eine Partei in diesem schönen Alpenlande, deren Anhänger dieser Tirade sicherlich mit Beifall zugestimmt hätten.

„Ich finde, dieses asoziale Schwein hat sich ’ne Abreibung verdient“, sagte Udo, zum Kleinen gewandt. „Im Namen aller anständigen inländischen Bürger dieses Landes.“

Er drehte sich zu seinen Kameraden um.

„Warum nicht?“, meinte ein mindestens ein Meter neunzig großer Hüne, der gerade eine leere Bierflasche auf den Boden schmiss. Auf seine Glatze waren die Buchstaben *ACAB* tätowiert. *All Cops Are Bastards.* „Wird sicher ein großer Spaß."

Paul starrte mich ängstlich an, rutschte dann ganz in die Ecke des Wagens und betrachtete aufmerksam den dreckigen Boden. Die U-Bahn blieb stehen. „Kettenbrückengasse", tönte es aus den Lautsprechern. Paul blickte auf, räusperte sich und sagte leise: „Ich will ja nicht unhöflich sein, aber wir müssten hier aussteigen."

Was für ein Herzchen.

Udo grinste mich höhnisch an, drehte sich zum Hünen um und zwinkerte ihm spöttisch zu.

Dann fing er an zu lachen.

„Der Kleine ist ja 'ne echte Nummer. Hier will er aussteigen. In dieser üblen Gegend. Lauter Drogensüchtige und Penner. Wir wollen doch nicht, dass dir was passiert. Stimmt's, Kameraden?"

„Stimmt!", ertönte es dreistimmig.

In den U-Bahn-Stationen sind Kameras installiert, um solche Situationen zu verhindern, aber Kameras nützen nur etwas, wenn auch jemand die Kontrollmonitore überwacht. Es war kurz vor Mitternacht, und die Typen in den Schaltzentralen nahmen es mit ihren Aufgaben anscheinend nicht mehr so genau.

In der Kettenbrückengasse war niemand zugestiegen. Langsam wurde es ernst.

Ich wollte gerade aufstehen, als ich die Bewegung sah. Eine schwer beringte Faust knallte mir mit dreihundert ins Gesicht. Ich hörte ein Knacken, dann wurde mein Kopf zurückgeschleudert und prallte mit satter Wucht an die Wand.

„Verdammt“, brummte Udo, „der Scheißjunkie hat einen harten Schädel.“

In meinem Gehirn flimmerte weißes Rauschen, mein Gaumen schmeckte klebrig und gallig. Ich fuhr mir vorsichtig über das Nasenbein und die Zähne. Zwei gelockert, keiner ausgeschlagen. Glück gehabt. Ich bewegte behutsam den Kopf und öffnete die Augen. Das Bild war halbwegs klar.

Meine Runde begann. Ich tastete mit zittrigen Fingern nach meinem Schlüsselbund, holte ihn vollständig aus der Hosentasche und platzierte den größten Schlüssel so, dass der Bart etwa einen Zentimeter zwischen Mittel- und Zeigefinger nach vorne ragte. Die restlichen Schlüssel umklammerte ich mit der Faust.

„He, Udo“, sagte ich. Er grinste mich blöd an. Schien sein normaler Gesichtsausdruck zu sein.

„Ein kleiner Tipp von mir. Von Junkie zu Analphabet. *White* schreibt sich im Englischen mit einem h.“ Ich deutete auf seine dämliche Schleife.

„Bist offensichtlich nicht nur ein asoziales Arschloch, sondern auch ein kleiner Klugscheißer“, sagte Udo und rieb sich seine aufgeschürften Knöchel.

Ich spürte einen Blutfaden an meinem Kinn hinunterrinnen. Ich leckte mit der Zunge drüber, sprang nach vorn und rammte dem völlig überraschten Blödmann meine metallgespickte Faust in die Fresse. Udo prallte zurück und knallte mit dem Schädel an die Haltestange. Seine Wange war aufgerissen und blutverschmiert. Ich holte nochmals aus, diesmal mit dem Fuß, und verpasste ihm einen gewaltigen Tritt in die Eier.

„Wir wollen doch nicht, dass sich solche Intelligenzbestien wie du fortpflanzen“, sagte ich lächelnd, während mir das Blut vom Kinn tropfte. Udo krümmte sich am Boden, gab Schmerzlaute von sich, die ungefähr seinem Niveau von Artikulation entsprachen, und betastete vorsichtig, beinahe zärtlich, seine Hoden. Für die meisten Männer sind die Eier und der Schwanz der Sitz des Egos. Deshalb lernen die Frauen in den Selbstverteidigungskursen immer die schmutzigsten Tricks.

Meine Freude währte nicht lange. Die drei anderen Typen waren nach Sekundenbruchteilen über mir und tobten sich an mir aus, als sei ich ein Sandsack in einer Boxhalle. Bald schon spürte ich die einzelnen Tritte und Schläge nicht mehr. Mein Körper war nur noch ein pochendes Stück Schmerz. Einmal schaffte ich es, kurz den Kopf zu heben und einen Blick auf Paul zu erhaschen. Er kauerte in seiner Ecke und nagte an seinen wohlmanikürten Nägeln herum. Was für ein Herzchen.

Irgendwann sagte der Hüne: „Ich glaube, der ist bedient“, und verpasste mir noch einen letzten Tritt in den Magen. Ich zuckte zusammen und würgte Magensäure hoch. Ich hatte am Abend nichts gegessen.

Die U-Bahn blieb an der Roßauer Lände stehen. Der kleine Typ mit dem Sixpack hielt die Türen offen, während die beiden anderen den arg lädierten Udo nach draußen schleiften.

„Das zahl ich dir zurück, Scheißjunkie. Darauf kannst du dich verlassen“, murmelte er mit blutverschmiertem Mund.

Ich starrte ihn aus meiner Froschperspektive an und sagte: „Lern erst mal Lesen und Schreiben, du Blödfresse.“ Dann zog ich mich unter Schmerzen an der Haltestange hoch.

Paul kam mit verlegenem Blick auf mich zu.

„Ist dir was passiert?“, wollte er wissen. Er betrachtete seine Finger und wischte sie hastig an seiner Hose ab.

Ich stand da, aufgeplatzte Haut im Gesicht, wacklige Knie, schmerzende Rippen, Blut tropfte mir vom Kinn, und mein Schädel fühlte sich an wie nach einer zehnstündigen Fernsehfolter. Dazu kam dieser eklige Geschmack im Mund.

„Nein, nichts“, sagte ich ohne eine Spur Zynismus.

„Dann bin ich erleichtert. Weißt du, ich bin nicht so der Kämpfertyp. Natürlich, wenn's ernst geworden wäre, hätte ich dir geholfen, aber ich dachte, mit denen wirst du auch alleine fertig.“

Natürlich. Ich wurde das Gefühl nicht los, dass er mich verarschte. Was für ein Herzchen.

Die U-Bahn hielt erneut. Friedensbrücke. Sogar die Stationsnamen fielen mir in den Rücken. Ich schleppte mich zur Tür und keuchte: „Machen wir, dass wir rauskommen. Wir sind sowieso schon viel zu weit gefahren.“

Wir stiegen aus. Ich quälte mich die Treppe hoch. Paul verteilte seine Aufmerksamkeit gleichmäßig auf mich und seinen Koffer. Oben stieß ich die Schwingtür auf und sog die milde Mailuft in meine Lungen. Schon lange nicht mehr war mir Autolärm so beruhigend erschienen. Paul setzte sich auf seinen Koffer und betrachtete die nächtliche Stadt.

„Weißt du, wie spät es ist?“, fragte ich. Er wandte seinen Blick von einer vorbeischlendernden Blondine ab, schob seine Manschette zurück und sagte: „Viertel nach zwölf.“

„Verdammt“, sagte ich, „das war die letzte U-Bahn. Straßenbahnen fahren auch keine mehr. Wir werden wohl oder übel ein Taxi nehmen müssen.“

Paul stand von seinem Koffer auf, schaute mich unbehaglich an und sagte: „Wenn es unbedingt sein muss. So wie du aussiehst, können wir wohl schlecht zu Fuß gehen.“

Ich humpelte auf die Straße und winkte ein Taxi heran.

„Hotel *Drei Kronen,* Schleifmühlgasse.“

Ich ließ mich in die weichen Polster des Benz-Taxis fallen. Paul trug dem Fahrer auf, äußerst vorsichtig mit seinem Koffer umzugehen. Dann setzte er sich neben mich.

Ich kauerte am Fenster und betrachtete halbherzig die Straße, die neben uns vorbeiglitt wie ein schneller Film. Allzu viel sah ich nicht, da meine Augen langsam zuschwollen. Der Benz fuhr die Roßauer Lände entlang, bog ein paarmal ab, passierte die Votivkirche, fuhr vorbei am Kunsthistorischen und am Naturhistorischen Museum, dann weiter zum Getreidemarkt und bog schließlich in die Operngasse ein. In dem Moment, als das Taxi an einer gelben Ampel hielt, raste ein rotes Golf Cabrio an uns vorbei und verschwand in der nächsten Seitenstraße. Wir fuhren wieder los und bogen zweimal rechts ab. Vor dem Hotel *Drei Kronen* blieben wir stehen. Auf den Meter genau.

„Macht einhunderteinundfünfzig Schilling", sagte der Taxler und strich über seinen Schnurrbart.

„Wie viel?", fragte Paul mit überschnappender Stimme. Er klang, als habe er soeben vom Tod seiner geliebten Mutter erfahren.

„Einhunderteinundfünfzig", meinte der Taxifahrer lakonisch und malträtierte weiter sein Oberlippenanhängsel. „Nachttarif."

Mit einem nervösen Seitenblick auf mich holte Paul seine Geldtasche aus dem Sakko und entnahm ihr einen Hunderter und vier Zwanziger.

„Stimmt so", sagte er und drückte dem Schnurrbartzwirbler die Scheine in die Hand. Ich war ehrlich erstaunt über Pauls Großzügigkeit.

„Ich hol dich morgen um neun hier ab", sagte ich. „Und vergiss das Foto von Simone nicht. Du hast doch eines dabei, oder?"

Paul deutete auf die Innentasche seines Sakkos und nickte.

Ich öffnete die Tür des Taxis und wand mich unter schmerzhaften Verrenkungen nach draußen. Diese Scheißrippen! Nein, diese Scheißschrumpfköpfe! Ich drehte mich um und sah Paul mit seinem heißgeliebten Koffer im Hotel verschwinden. Ich beschloss, die restlichen Meter zu mir zu Fuß zu gehen. Die Schlägerei mit den Skins hatte mich doch mehr mitgenommen, als es zuerst den Anschein gehabt hatte. Nicht nur, dass ich plötzlich jeden einzelnen Muskel schmerzhaft spürte, nein, in meinem Schädel hatte sich auch noch eine Stimme eingenistet, die mich leise, aber beständig einen Versager und Schwächling nannte. Natürlich war mir klar, dass das Unsinn war, einer gegen vier hat niemals eine Chance, aber manchmal ist Ratio eben nur ein gut klingendes Wort.

Das war kein guter Start.

Nach etwa zwanzig Minuten war ich wieder in meinem sicheren Hafen in der Pilgramgasse. Ich genehmigte mir ein Bier, ging unter die Dusche, wo ich die farbenprächtigen Auswüchse auf meinem Körper bewunderte, baute mir einen Joint – mittelprächtig; nicht mal das gelang mir heute richtig – und legte mich aufs Bett. Seit ich mit dem Zigarettenrauchen aufgehört hatte, kratzte mich das Hasch immer leicht im Hals, aber die beruhigende Wirkung setzte unverändert ein.

Ich quälte mich vom Bett hoch, wühlte in meiner CD-Sammlung herum und schob eine Disk in die Anlage. *Call Me* von Blondie. Ruf mich an, sang sie, wo immer du auch bist. Ich dachte an Paul, dachte daran, wie er sich in der Ecke verkrochen hatte, als ich ihn als Verstärkung dringend gebraucht hätte, und daran, wie er, ohne groß aufzumucken, hundertachtzig Piepen fürs Taxi gezahlt hatte. Ich wurde nicht schlau aus ihm. Was für ein Herzchen.

♦ ♦ ♦

Die nächsten Tage klapperten Paul und ich die Peepshows und die Bars ab, die in ihren Schaufenstern mit halbnackten Go-go-Girls warben. Es war ein Fiasko. Ich sah so viel Rotlicht, dass ich das Gefühl hatte, gefärbte Kontaktlinsen zu tragen. Von Simone keine Spur, jedenfalls keine konkrete.

In einem Schuppen, der sich *Sweat Dreams* nannte, erzählte uns die Bardame, ein strichdünnes Püppchen mit Löwenmähne und getigertem Einteiler, dass Simone öfter mit einem Typen namens Freddy gesehen wurde, offensichtlich ein Zuhälter. Allerdings sei sie schon seit ein paar Wochen nicht mehr hier gewesen, und natürlich wusste Löwenpüppchen nicht, ob Simone noch mit diesem Freddy zusammen war. Außerdem kannte niemand die Adresse oder auch nur den ungefähren Aufenthaltsort von diesem ominösen Zuhälter.

Im *Hot Lips* erging es uns nicht besser. Irgendjemand hatte Simone irgendwann mit irgendjemandem gesehen, der Freddy hieß – oder auch nicht. Und wie zu erwarten, lag das schon einige Wochen zurück. Paul indes war äußerst angetan von dieser ihm ungewohnten Umgebung und zeigte sich in Spendierlaune. Der Champagner für die Mädchen und die Trinkgelder für die Kellner flossen in Strömen. Er schien sich prächtig zu amüsieren. Kein Wort über Simone. Als Paul sich jedoch für eine spezielle Dame zu sehr interessierte, machte der Türsteher und Rausschmeißer des *Hot Lips,* der aussah wie ein Stahlcontainer für Rinderhälften, dem Namen des Schuppens alle Ehre und verpasste uns ein paar Ohrfeigen, dass sich mehr als nur unsere Lippen heiß anfühlten. Und das, wo mein Gesicht noch immer ausschaute wie ein Gemälde von Hermann Nitsch.

Die Nobelbordelle schenkten wir uns von Anfang an. Es gab schon genügend polnische, ungarische und bulgarische Mädchen, die sich, den Verlockungen des Westens folgend, in einem dieser Puffs wiederfanden. Knurrende Mägen und wochenlanges Übernachten auf der Couch einer Freundin siegten meist über moralische Haarspaltereien. Bei der derzeitigen Frischfleischversorgung hatte es kein Nobelschuppen nötig, eine Junkienutte wie Simone aufzunehmen.

Das gleiche Bild in den Peepshows. Paul und ich verbarrikadierten uns mit Tonnen von Zehnschillingmünzen in engen Kabinen, die nach Sperma und Aftershave rochen. Natürlich zeigten wir den Typen an der Kassa Simones Foto, aber die meisten grinsten nur und sagten: „Seht selbst nach, ob sie da ist.“ Nach etlichen Vorstellungen, die immer mit schmerzenden Genitalien endeten – ich trage ziemlich enge Jeans –, hatte ich die Schnauze voll von diesen Titten-und-Arsch-Rondellen.

Alles in allem waren diese ersten fünf Tage eine hundertprozentige Pleite gewesen. Na ja, nicht ganz, Paul schien sich vorzüglich zu amüsieren.

♦ ♦ ♦

Einen letzten Versuch wollte ich noch starten. Ich suchte mir ein Hemd aus dem Kleiderkasten, das bei dämmriger Beleuchtung wohl eben noch als weiß durchgehen würde, schlüpfte in meinen einzigen Anzug, den ich noch aus Docs Zeiten hatte – er legte immer viel Wert auf Stil –, und band mir eine orangerote Krawatte um den Hals. Als ich mich im Spiegel sah, musste ich mich erst an meinen Anblick gewöhnen; ich sah aus wie ein Waschbär, mit meinen halb zugeschwollenen Augen.

Gegen halb zehn kreuzte ich bei Paul auf. Er musterte mich erstaunt und ließ dann einen Sermon über das miese Hotel und die schäbige Umgebung ab. Als ich ihm sagte, er solle sich heute mal so richtig fein rausputzen, strahlte er ob des unerwarteten Bedarfs an seiner Kleiderkollektion wie ein Yuppie, der feststellt, dass nach dem von ihm verschuldeten Verkehrsunfall zwar alle Insassen des anderen Wagens hinüber sind, seinem Porsche jedoch nichts passiert ist.

Er warf sich in Schale, drehte eine Pirouette vor dem fleckigen Spiegel und fragte: „Wohin gehen wir beide denn heute?“ Er rückte den Knoten seiner Krawatte zurecht, die mit Häschen in unzüchtigen Positionen verziert war. Hielt das wohl für die Nobelrotlichtkluft.

„Wir beide gehen heute nirgendwo hin“, sagte ich und bohrte ihm meinen Zeigefinger in den Bauch, „jedenfalls nicht gemeinsam. Ich dreh ’ne Solorunde und besuch ’nen ganz speziellen Schuppen. Und das zieh ich lieber alleine durch.“ Ich setzte mich auf sein Bett, prüfte die Matratze. Sie war zu weich.

„Und was mach ich in der Zwischenzeit?“, fragte Paul. „Ich hab mich schließlich schon passend angezogen.“

„Du machst einen Abstecher in einen Laden, der dir bestimmt gefällt. Heißt *Dirty Deeds.* Leise Musik, schöne Frauen, exquisite Drinks und keine übereifrigen Türsteher.“

„Du meinst, ein Puff?“, fragte Paul erregt.

„Aber nein“, sagte ich. „Nicht jeder Schuppen in Wien, in dem mehr hübsche Frauen als Männer rumrennen, ist ein Puff. Es ist ein netter, kleiner Nachtklub, etwas nobel, etwas exklusiv. Müsste doch ganz dein Stil sein.“

„Na ja“, meinte er geschmeichelt, „so wie du das sagst, könnte das die richtige Umgebung für mich sein. Mal was anderes als das hier.“ Er machte eine halb Wien umfassende Geste.

Nach einem letzten prüfenden Blick in den Spiegel – niemand soll mir erzählen, Frauen seien eitler als Männer – gingen wir runter auf die Straße. Ich winkte ein Taxi heran.

„Moment mal“, rief Paul aufgebracht, „wer hat was von einem Taxi gesagt? Ich hab mir extra eine Wochenkarte gekauft. Die hat mich einhundertzweiundvierzig Schilling gekostet. Wir fahren mit den öffentlichen Verkehrsmitteln. Die sind billiger und belasten die Umwelt weniger.“ Klang wie der auswendig gelernte Spruch eines Busfahrers.

Das Taxi hielt neben uns.

„Hast du die kleine Auseinandersetzung in der U-Bahn schon vergessen?“, fragte ich. „Was ist, wenn wieder ein paar Witzbolde unterwegs sind und es diesmal auf dich abgesehen haben? Was bleibt dann von deinem schicken Anzug wohl übrig?“ Ich deutete auf seinen teuren Zwirn.

Es war so unwahrscheinlich wie ein nichtpenetranter Werbespot, dass wir in nächster Zeit abermals in eine U-Bahn-Schlägerei geraten würden, doch das wusste Paul, der vor der Großstadt Wien solchen Respekt hatte, nicht. Und ich konnte im Moment nicht behaupten, dass mir U-Bahn-Fahren Spaß machte.

„Was ist jetzt?“, rief der Taxler und streckte ungeduldig seinen Kopf zum Fenster raus. „Fahren oder plaudern?“

„Na komm schon, Paul“, insistierte ich, „zu einem standesgemäßen Abend gehört auch eine standesgemäße Anfahrt. Oder glaubst du, die Nachtklubpuppen fahren auf dein Öffiticket ab?“

Ich hatte zwar selten einen blöderen Spruch vom Stapel gelassen, aber Paul schien er zu gefallen. Er legte seine Stirn für eineinhalb Sekunden in Falten, was wohl irgendeinen Denkvorgang signalisierte, und stieg dann ein.

Wir fuhren den Ring entlang bis zum Franz-Josefs-Kai, bogen in die Marc-Aurel-Straße ein und ließen uns an der Ecke zur Wollzeile absetzen. Die Nacht war lau und windstill, und ein leichter Geruch von Pferdeexkrementen schwebte zwischen den flanierenden Menschen, die aussahen wie personifizierte Litfaßsäulenmodels. Nach einem kurzen Spaziergang durch den ersten Bezirk standen wir vor dem *Dirty Deeds.*

„Na dann“, sagte ich, „viel Spaß. Lass dich volllaufen und amüsier dich. Der Laden macht um vier dicht. Du kannst dann entweder ein bisschen rumlaufen und auf die erste U-Bahn warten, oder du leistest dir noch ein Taxi.“

Paul zupfte an seiner unzüchtigen Häschenkrawatte herum und schaute mich unsicher an.

„Kommst du nicht schnell mit rein?“, fragte er mit flehendem Blick. „Nur bis ich mich ein bisschen orientiert habe.“

Warum nicht? Was für ein Herzchen.

Wir öffneten die Tür, schlängelten uns zwischen schweren, roten Brokatvorhängen hindurch und blieben in einer Art Vorraum stehen. Eine spärlich bekleidete Dame geleitete uns an einen Tisch. Hoffentlich holte sie sich keine Lungenentzündung in dieser Aufmachung. Süßlich schmachtende Musik tropfte aus verborgenen Lautsprechern. Nun hatten uns auch die Animierdamen entdeckt. Ich schaute mich schnell um; wir waren praktisch die einzigen Gäste zu dieser frühen Stunde.

„Was darf ich den Herrschaften bringen?“ Eine Stimme wie heißer Honig, ein Arsch wie ein knackfrischer Apfel.

„Eine Flasche Schampus“, orderte ich, „und nur ein Glas bitte, ich bleib nicht lange.“ Ich riss meinen Blick von ihr los.

„Sehr wohl, die Herrschaften“, flötete es honigheiß in mein Ohr. Paul blickte sich um und lockerte die Krawatte.

„Mach den Mund zu Paul, du erkältest dich sonst.“

Der Champagner wurde stilgerecht in einem Silberkübel serviert. Der Korken, der durch die schlammig rote Luft davonsegelte, berührte noch nicht den Boden, da hatte Paul auch schon zwei reizende Gesprächspartnerinnen gefunden, die sich als Natascha und Lolita vorstellten. Paul schien vor allem von Letzterer sehr angetan zu sein; und nicht nur, was ihren Namen anbelangte. Ich nahm an, dass Paul mit dem Rest auch ganz gut alleine zurechtkam, also verschwand ich diskret zwischen den roten Vorhängen.

Ich kannte nur noch einen Schuppen, den zu besuchen es sich vielleicht lohnen würde. Ein ziemlich trüber Laden, weder Puff noch nobler Nachtklub, eine Art Anlaufstelle für die unteren Gesellschaftsschichten, die beim Biertrinken gerne die Aussicht auf zwei steife Brustwarzen genießen. Auf der Rotlichtskala kratzte dieser Laden bereits am violetten Bereich, und das wollte ich Paul nicht zumuten.

Ich hatte kein Geld für ein Taxi, deshalb ging ich widerstrebend runter zur U-Bahn. Ich schaute mich so oft nach glatzköpfigen Typen um, dass ich fast eine Halswirbelzerrung hatte, als ich in der Thaliastraße ausstieg. Ein leichter Wind war aufgekommen und verteilte die Hupgeräusche vom Gürtel gleichmäßig in den Straßen. Ich ging ein paar Schritte am Lerchenfelder Gürtel entlang und nahm dann den Laden in der Hasnerstraße ins Visier.

Die Fassade des *American Gigolo Club* unterschied sich nicht groß von der anderer Etablissements, die Paul und ich in den letzten Tagen besucht hatten und die den Gürtel links und rechts säumen, um den Sexkomplexlern das Geld aus der Tasche zu ziehen und ihnen dabei das Gefühl zu geben, coole und harte Jungs zu sein. Ich sah kurz an mir hinunter, zupfte ein paar Fusseln von meinem Revers und schloss den obersten Hemdknopf. Dann drückte ich den Türsummer. Ich spürte, wie ich durch den Einwegspiegel gemustert wurde, dann öffneten sich die Tore dieses schummrigen Paradieses; allerdings ohne Heerscharen von Engeln als Begrüßungskomitee. Stattdessen erschien die obligatorische leicht bekleidete Dame und wollte mich an einen Tisch führen. Auch sie war eine Kandidatin für sämtliche Erkältungskrankheiten dieser Welt. Ich winkte ab und sagte ihr, dass ich Maria sprechen wolle. Sie sah mich verständnislos an – selbst ein verständnisloser Blick kann einen umwerfen, wenn er aus so blauen Augen kommt – und gab mir zu verstehen, dass hier niemand mit diesem Namen arbeitete.

„Die arbeitet nicht hier“, sagte ich, „ihr gehört der Laden. Du kennst sie sicher. Rote, hochtoupierte Haare und mindestens hundertzwanzig Kilo schwer.“

„Ach so, du meinst Blady Mary. Wart mal, ich schau nach, ob sie da ist. Bist du ein Freund von ihr?“ Sie musterte mich misstrauisch.

Ich starrte zurück; allerdings auf ihren silbernen Einteiler, auf dem eine starke Oberflächenspannung herrschte.

„Sozusagen. Ich bin Jerry. Sie kennt mich“, sagte ich unfreundlicher als beabsichtigt.

Sie verschwand so lautlos wie ein Politiker nach einer verlorenen Wahl. Ich schaute mich um. Die übliche dämmrig-rote Beleuchtung, die allen Insassen aufs Äußerste schmeichelte, viel Plüsch und noch mehr Samt. An der Bar standen ein paar Typen und betätigten sich sportlich: einarmiges Reißen am Tresen. Ich lehnte mich an die Theke und holte das Foto von Simone aus der Sakkotasche, das Paul mir gegeben hatte. Es war ein Sofortbild, aufgenommen kurz vor der Matura. Simone lehnte am Eingangstor des Gymnasiums und lächelte in Pauls Kamera. Obwohl ich das Foto in den letzten Tagen mindestens hundertmal betrachtet hatte, taten mir immer noch die Lippen weh, wenn ich auf Simones Mund schaute. Eine Strähne von ihrem langen blonden Haar klemmte zwischen ihren Zähnen und trat neckisch in der Mitte ihrer Unterlippe wieder hervor. Sie sah verdammt gut aus!

Ich spürte eine schwere Hand auf meiner Schulter und drehte mich um. Blady Mary stand vor mir.

Ihren Spitznamen, der ihr nichts auszumachen schien, verdankte Blady Mary ihren großzügig proportionierten Fleischmassen. Sie war eine der wenigen Nutten, die sich mit vierzig, wenn sie langsam zu alt wurden, um auf der Straße anzuschaffen, ein eigenes Lokal leisten konnten. Wie durch ein Wunder überlebte sie zwei Überfälle von rechtsradikalen Schrumpfköpfen, die sich gerne als Bürgerpolizei bezeichnen, und hatte es geschafft, sich von ihrem Zuhälter freizukaufen, ohne als Testfläche für Rasiermesser herhalten zu müssen. Sie war die eiserne Herrscherin des *American Gigolo Club* und konnte sich nicht über mangelndes Interesse ihrer früheren Straßenkundschaft für ihre neue Tätigkeit beklagen. Ich kannte sie flüchtig aus den alten Tagen, als ich den Doc auf seinen Verkaufstouren als Rückendeckung begleitet hatte.

„Na, Jerry, nimmst du immer noch dieses Dreckszeug?“ Ihre Stimme war tief und rau. Die Haare auf meinen Unterarmen stellten sich mit einem Prickeln auf. Blady Mary steckte in einem schwarzen Einteiler, der ihre Fleischmassen nur mühsam zusammenhielt. Auf ihrem linken Schulterblatt war eine Rose tätowiert, die sich an ihr wie ein Muttermal ausnahm. Sie hatte mindestens hundertdreißig Kilo.

„Ich bin weg von der Nadel“, sagte ich.

„Was ist mit deinem Gesicht passiert?“

„Kleine Meinungsverschiedenheit“, sagte ich. „Halb so wild.“ Ich versuchte, lässig mit den Schultern zu zucken. Es gelang mir beinahe. „Wie läuft das Geschäft?“

„Ganz gut. Viele ehemalige Freier kommen hierher, um mich zu besuchen und über die alten Zeiten zu plaudern. Oder um sich einen hinter die Binde zu gießen. Übrigens, wo ist dein Drink?“

„Hab keinen bestellt.“

Blady Mary beugte sich über den Tresen und setzte ihn damit einer harten Belastungsprobe aus.

„He, Jennifer, bring unserem Gast ’nen Whiskey, aber ’nen doppelten.“ Sie drehte sich zu mir um. „Geht natürlich auf Kosten des Hauses.“

Die Dame mit der silbrigen Oberflächenspannung glitt heran und brachte mir einen doppelten Whiskey in einem dicken Glas. Ich kippte ihn in einem Zug runter. Er schmeckte furchtbar. Ich schnitt eine Grimasse wie ein Pantomime, der das blanke Entsetzen darstellen will.

„Was ist, schmeckt dir mein Whiskey nicht?", fragte Mary mit drohender Stimme.

„Doch, doch", sagte ich heiser und wischte mir die Tränen aus den Augen, „ich bin nur das starke Zeug nicht mehr gewöhnt."

Mary sah mich einen Moment lang skeptisch an, dann fragte sie: „Was führt dich hierher, Süßer? Ich nehm nicht an, das Ambiente. Hat der Doc dich geschickt, um mir was zu verhökern? Da kann ich nur sagen: Fehlanzeige. Ich rühr nichts mehr von dem Zeug an. Kein Koks, kein Speed, kein H. Ich schluck nicht mal mehr Rohypnol, wenn ich nicht einschlafen kann. Völlig clean seit neun Monaten und elf Tagen."

Ich stellte das Whiskeyglas auf die Theke und lockerte meine Krawatte.

„Es geht nicht um Dope, Mary", sagte ich. „Ich such 'ne Freundin. Wahrscheinlich auf H, vielleicht auch auf dem Strich. Soll in letzter Zeit mit einem Zuhälter namens Freddy zusammen gewesen sein. Ich hab schon alles abgeklappert, Peepshows, Go-go-Bars und so weiter. Aber keiner hat sie in den letzten Wochen gesehen."

„Und du glaubst, ein Kunde oder eines meiner Mädchen kennt sie?" Wieder das Prickeln auf meinen Unterarmen.

„Vielleicht, wär doch möglich. Ich will dich nicht beleidigen, aber dein Schuppen ist nicht gerade das *Moulin Rouge.* Manche deiner Häschen kommen vom Strich, und deine Kundschaft trägt höchstens am Wochenende 'ne Krawatte. Lass mich Simones Foto rumzeigen. Wenn keiner sie kennt, zisch ich in derselben Sekunde wieder ab."

Mary sah mich ein paar Sekunden lang böse an, dann trat ein breites Grinsen auf ihr Gesicht.

„Weißt du", meinte sie, „jedem anderen würde ich eine knallen, wenn er so über mein Etablissement spricht. Aber dir lass ich's noch mal durchgehen, wegen der alten Zeiten. Ich weiß, was für ein Hitzkopf und Flegel du manchmal sein kannst."

Sie redete mit mir wie eine italienische Mama mit ihrem ungezogenen Kind.

„Gib schon her das Bild! Ich lass es reihum gehen. Wenn irgendjemand sie kennt, schick ich ihn zu dir. Setz dich da hinten an den Tisch, trink was auf Kosten des Hauses und schau dir meine Mädchen an. Schau sie dir genau an, und dann möchte ich wissen, ob du immer noch so abfällig über sie sprichst." Sie marschierte mit Simones Foto in der Hand davon.

Ich tat, was Mary mir befohlen hatte, trank Heineken und flirtete mit ihren Mädchen. Sie waren schärfer als ein Bund Chilischoten. Nach ein paar Minuten kam Blady Mary an meinen Tisch. Sie hatte einen Typen mit gräulichem Gesicht und Heilsarmeeanzug im

Schlepptau. Abgesehen vom *American Gigolo Club* wäre er in jeden anderen Laden wohl nur durch den Hilfspersonaleingang gelangt.

„Das ist Turkey“, sagte Mary und stieß den Grauen auf einen Stuhl. „Er hängt die meiste Zeit in der Karlsplatzgegend herum, und er meint, er habe deine Freundin in letzter Zeit da öfter mal gesehen.“

Turkey nickte, kratzte seine Bartstoppeln mit den Fingerknöcheln und starrte auf mein Bier.

„Bring ihm auch eines“, sagte ich und deutete auf die Flasche. „Okay, schieß los. Wann genau hast du sie das letzte Mal dort gesehen?“

„Das war ungefähr vor einer Woche“, flüsterte er. Schon wieder so ein verdammter Leisereder! „Sie hing in der Karlsplatzpassage rum, Ausgang Resselpark, du weißt schon, wo die ganzen Giftler immer sitzen.“

Ich wusste nur zu gut, was er meinte. War früher mal so etwas wie meine zweite Heimat gewesen. Endlich eine konkrete Spur.

„Ist das alles?“, wollte ich wissen.

„Nicht ganz“, sagte er und nahm freudig das Bier entgegen, das Blady Mary ihm brachte. „Sie war in letzter Zeit öfter mit so ’nem komischen Typen zusammen. Zeus nennen ihn alle in der Szene.“ Er trank die Flasche mit einem Schluck zur Hälfte leer.

„Ist dieser Zeus ihr Zuhälter?“

„Zuhälter?“ Turkey grinste und ließ die andere Hälfte des Bieres in seinen Magen rinnen. „Der doch nicht.

Ist so 'ne Art Sozialarbeiter, behauptet er zumindest. Kein staatlicher, der diesen beschissenen Bernhardinerblick hat und dir mit blöden Sprüchen kommt. Du weißt schon: *Ich kann dich ja verstehen und will dir nur helfen.* Zeus sieht sich mehr als eine Art Samariter. Er kümmert sich vor allem um die jungen Nutten am Karlsplatz. Hat 'nen VW-Bus mit 'nem Bett und einer Kochnische hinten drin. Die jungen Dinger können da auch mal übernachten, wenn sie sonst nicht wissen, wohin."

Er wirkte erschöpft nach dieser langen Rede. Ich bestellte ihm noch ein Bier.

„Und er will nichts von den Mädchen, wenn sie allein in seinem Auto sind?", fragte ich.

„Hab jedenfalls nichts Derartiges gehört", erwiderte Turkey. „Ich würde mich aber in Acht nehmen, wenn du was von ihm willst. Ist ein gefährlicher Bursche. Diese Simone, die du suchst, hatte vorher einen Zuhälter. Freddy hieß der. Der wollte sie zurückholen, nachdem sie ihm zu Zeus abgehauen ist. Da hat Zeus ihn beiseite genommen, ihn gepackt und ihm das Handgelenk gebrochen wie einen Zahnstocher. Ich hab's mit eigenen Augen gesehen."

Seine Gesichtszüge verzerrten sich.

„Du hast gesagt, Simone hatte vorher einen Zuhälter, diesen Freddy. Heißt das, dass sie ihn jetzt nicht mehr hat und mit Zeus zusammen ist?"

„Das weiß ich nicht. Ich hab Freddy schon länger nicht mehr gesehen, seit dieser Geschichte mit Zeus.

Könnte aber durchaus sein, dass Simone wieder zu ihm zurück ist. Machen ziemlich viele Nutten. Weiß zwar nicht wieso, aber sie tun's."

„Dieser Zeus. Weshalb heißt er so?"

„Wegen seiner Gestalt. Ein richtiger Hüne. Mindestens eins neunzig groß, Muskelpakete wie ein Metzger, Schmuck überall und einen Bart wie Gott persönlich. Wie gesagt, wenn du dich mit dem anlegen willst, pass auf!"

Mehr gab's nicht zu fragen. Ich bestellte Turkey noch einen Whiskey auf Kosten des Hauses – ihm würde er bestimmt schmecken, da machte ich mir keine Sorgen –, verabschiedete mich von Mary und ihren Häschen und ging nach Hause.

Es war ein weiter Weg, und ich brauchte dafür über eine Stunde, aber ich musste nachdenken. Vor allem über Paul. Weshalb wollte er Simone finden? In all den Rotlichtschuppen, in denen wir nach ihr gesucht hatten, hatte er nicht wie ein liebeskranker Bankangestellter gewirkt, der sein Herzblatt unbedingt wieder in die Arme schließen möchte. Außerdem wollte sie ganz offensichtlich nichts mehr mit ihm zu tun haben, sonst hätte sie wohl schon Kontakt mit ihm aufgenommen. Das musste Paul doch klar sein. War es Geld? Hatte Simone weit mehr mitgenommen, als Paul mir gegenüber zugegeben hatte? Hoffte er, sie habe noch nicht alles verprasst? Wohl kaum. Er kannte Simone gut genug, um zu wissen, dass zu viele Scheine in der Geldtasche sie nervös machten. Außerdem hing sie an der Nadel, und das war ein teurer Spaß. Zudem hätte Paul dann sicher einen richtigen Schnüffler engagiert oder gleich die Bullen eingeschaltet. Nein, irgendetwas war faul an dieser Sache. Ich hoffte nur, ich würde rauskriegen, was es war, bevor ich mit dem Gesicht nach unten mittendrin lag.

Zu Hause schob ich eine CD in meinen Kasten und drückte auf Play. Henry Rollins schrie, er sei verwirrt. Dann sind wir schon zwei, dachte ich und legte mich schlafen.

4

BUB VON BLITZ GETROFFEN – ÜBERLEBT!

Ich las die Schlagzeile der *Kronen Zeitung* und steckte den Wisch zurück in den Zeitungsständer. Ich schaute auf die Uhr in einem geparkten Ford; halb elf. Noch mehr als genug Zeit. Paul und ich hatten uns für elf am Abend im Resselpark verabredet. Ich hatte ihm erklärt, dass es keine gute Idee wäre, mich dorthin zu begleiten, alleine schon wegen seines Aufzugs, aber er versprach mir, sich den Umständen entsprechend zu kleiden, was immer das heißen mochte. Außerdem hatte er mir zum wiederholten Male unter die Nase gerieben, dass er zehn Riesen dafür ausgab, Simone aufzuspüren, und deshalb auch das Recht habe, dabei zu sein, falls wir sie fänden. Und in diesem Punkt musste ich ihm ausnahmsweise mal zustimmen.

Ich schlenderte die Wiedner Hauptstraße entlang, kickte eine Aludose über den Gehsteig und schaute mir die Auslagen in den Schaufenstern an. Hautcremes, Modeschmuck, Bioschuhe, Bioessen, Biokosmetik, Kameras, Designerklamotten. Vor dem riesigen Mercedes-Schaufenster blieb ich stehen und starrte die Benze an, die herausgeputzt im schwachen blauen Licht schimmerten. Aus Diskretionsgründen standen keine Preise dabei. Ganz vorne in der Ecke, malerisch umrahmt von zwei üppigen Farnen, gab es noch ein kleines Regal mit

Mercedes-Modellen; diesmal mit Preisschildern. Mit Sicherheit die einzigen Benze, die ich mir jemals würde leisten können.

Ich öffnete den Deckel meines Walkmans, drehte die Kassette um und drückte den Play-Knopf. Ice-T rappte über die *High Rollers,* risikofreudige Typen, die es ganz nach oben geschafft hatten. Ich fragte mich, ob das Leben eines *High Rollers* wirklich so cool war wie in diesem Song. Wenn man keine Skrupel kannte und groß genug war, wahrscheinlich schon. Außerirdisch schöne Frauen, lässige Klamotten und coole Schlitten ohne Ende. Ich langte in meine Hosentasche und holte ein Bündel Hunderter raus. Ich war heute Morgen auf der Bank gewesen; Paul hatte die zehn Riesen überwiesen. Ich fächerte die Scheine auf; sieben Stück. Ich dachte daran, dass ich vor nicht allzu langer Zeit jeden Tag so viel Kohle verdient hatte, oft sogar mehr. Aber dann fiel mir das Ende ein: jede Menge Kohle und jede Menge Drogenprobleme. Vielleicht war es auf diese Weise besser. Ein bisschen Rumschnüffeln und ein bisschen Kohle. Zumindest stimmten die Relationen.

Um zehn vor elf war ich im Resselpark. Paul war nirgendwo zu sehen. Ich nahm die Kopfhörer ab und schaute mich um. Ein kleiner Platz mit ein paar Bänken. Das Ganze von dreckigen Sträuchern umrahmt, hier und da brennende Laternen, die einen harten orangefarbenen Schein durch die Nacht schickten. Ich setzte mich auf eine mit Liebeserklärungen vollgeschmierte Bank und hielt

Ausschau nach alten Bekannten. Niemand da, soweit ich das auf die Schnelle feststellen konnte. Während meiner paar Monate Abwesenheit hatte sich die Szene ziemlich verändert. Die Zahl der alten Penner in ihren dreckigen Heilsarmeeklamotten schien größer geworden zu sein, ebenso wie die der Kids, dreizehn, vierzehn Jahre jung, teures Zeug von Nike, Burton oder Chiemsee am zitternden Leib. Vielleicht lag das aber nur daran, dass es langsam wärmer wurde und der Park in der Nacht zu einer Art Sammelbecken mutierte. Allerdings fiel mir auf, dass es immer weniger Giftler von der harten Sorte gab, die zwischen fünfundzwanzig und vierzig waren. Entweder waren sie klüger geworden, bevor es zu spät war, und hatten aufgehört, oder sie waren auf irgendeinem Klo abgekratzt. Gänsehaut kroch mir die Arme hoch.

Um zehn nach elf tauchte Paul auf.

„Tut mir leid", sagte er mit leiser Stimme, „dass ich mich verspätet habe. Ich hab mich verfahren. Das U-Bahn-System ist ziemlich kompliziert." Er zog eine Schachtel Hustenbonbons aus seiner Jackentasche, steckte sich eines in den Mund und ließ die Schachtel wieder verschwinden.

Paul wohnte direkt neben der U4-Station Kettenbrückengasse, dem zweiten großen Drogenumschlagplatz in Wien, vor allem an Samstagen, wenn der rege Flohmarktbetrieb Unmengen von Kleindealern anlockte. Die U4 fuhr direkt zum Karlsplatz. Wie man sich da verfahren konnte, war mir ein Rätsel.

„Schaut schlecht aus", sagte ich und deutete auf die traurigen Gestalten auf den Bänken. „Niemand da, den ich von früher her kenne."

„Wir können's ja zumindest versuchen und den Leuten das Foto von Simone zeigen", schlug Paul vor, „auch wenn du sie nicht kennst."

„Simone ist im Moment nicht das Problem", sagte ich und rieb mit meiner Schuhspitze ein Blatt in den Boden. „Dass Simone in letzter Zeit hier war, wissen wir schon von Turkey. Unser Problem ist Zeus. Wenn Simone wirklich mit ihm zusammen ist, müssen wir zuerst ihn finden."

Paul blickte sich ausgiebig um.

„Sieht nicht so aus, als ob er hier wäre", meinte er dann.

Ach nein, mein Herzchen, was du nicht sagst!

„Das sehe ich auch, Paul", gab ich gereizt zurück. „Aber wir wissen, dass Zeus sich gerne um junge Nutten kümmert. Ich denke, wir sollten unser Glück mal in dieser Richtung herausfordern."

„Wenn du meinst", sagte Paul ohne rechte Überzeugung und fummelte an seinen den Umständen entsprechenden Klamotten herum. Jeans, dunkles Hemd, schicke Lederjacke und die unvermeidlichen Lacklederschuhe. Sein Haar war mit aufdringlich riechendem Gel aus dem Gesicht gekämmt.

„Ich brauch ein bisschen Geld", unterbrach ich sein Kleiderzurechtrücken.

„Wofür denn?“

„Paul“, sagte ich in einem Tonfall, der normalerweise für ein vierjähriges Kind passend gewesen wäre, „schau dir diese Teenies an. Die lassen sich für ein Taschengeld ficken, von irgendwelchen alten Säcken. Glaubst du, die spielen die Kooperationsbereiten, weil ihnen dein apartes Bankerlächeln so gut gefällt? Wir wollen was von ihnen, also wollen sie was von uns. Du als Geschäftsmann müsstest das doch verstehen.“ Ich hatte natürlich ein bisschen zu tief geschlagen, aber es wirkte.

„Wie viel?“, murmelte er betreten.

„Ich denke, fünfhundert müssten reichen.“

Er zog eine Geldtasche aus hellbraunem Leder aus seiner Jeans und entnahm ihr fünf Hunderter, die er mir ohne Protest in die Hand drückte. Er wirkte nachdenklich. Vielleicht war er doch nicht so ein Blödmann. Aber ein Herzchen war er, das auf jeden Fall.

„Moment mal“, sagte Paul. „Ist das Geld, das ich dir überwiesen habe, noch nicht gekommen?“

„Doch.“

„Und wieso muss ich dann für die Informationen zahlen?“

„Weil Simone dir weggelaufen ist, nicht mir“, sagte ich mit zuckersüßem Lächeln.

Ich steckte die Scheine ein, sagte Paul, er solle warten und ging zum nächstbesten Mädchen. Es war in dreckige Jeans, eine gammlige Lederjacke und Springerstiefel gekleidet und sah derart versifft aus, dass die riesige, schwarzweiß gesprenkelte Ratte auf ihrer Schulter wie eine aerobicgestählte Cindy C. wirkte.

„Na, Süßer, was kann ich für dich tun?“ Sie zeigte mir ein paar braune Zähne.

„Du könntest mir sagen, ob du jemanden kennst, der sich Zeus nennt. Figur wie ein Kleinwagen, langer Bart, mit Schmuck behängt. Ist so ’ne Art Sozialarbeiter und soll angeblich hier zu finden sein.“ Ich deutete auf den trostlosen Platz um mich herum.

„Zeus?“, fragte sie und zog eine Schnute. „Kenn ich nur aus der Schule. War der Götterchef. Aber hier gesehen? Nein. Weißt du, ich bin nicht so oft in dieser Gegend.“

„Kann man nichts machen. Trotzdem danke.“ Ich drehte mich um und wollte zu Paul zurückgehen.

„He, Süßer“, rief sie mir hinterher, „kann ich dir nicht mit was anderem helfen?“ Sie warf ihren wenig einladenden Körper in Pose.

„Nein danke“, sagte ich mit leicht missglücktem Lächeln, „heute nicht.“

Wunderbar! Erster Versuch, erste Pleite!

Ich entdeckte weiter hinten ein anderes Mädchen, das ziemlich jung und irgendwie modelhaft aussah. Vielleicht war das eher Zeus’ Typ. Ich ging zu ihr hin.

„Hast du Dope?“, fragte sie mit brüchiger Stimme. „Bitte, ich brauch unbedingt was, ich bin auf Turkey. Ich hab keine Kohle, aber du kannst mich dafür haben.“ Sie zitterte am ganzen Leib. Langsam gingen mir diese eindeutigen Angebote auf die Nerven. Sah ich wirklich aus, als ob ich's so nötig hätte?

„Ich bin kein Dealer", sagte ich, und dachte: nicht mehr. „Ich suche einen Typen namens Zeus. So 'ne Art Sozialarbeiter. Kennst du ihn?"

Sie wich erschrocken zurück.

„Bist du einer von denen?", fragte sie mit weit aufgerissenen Augen.

„Einer von welchen?"

„Von Zeus' Freunden." Sie war schon halb von der Bank aufgestanden.

„Keine Angst", beruhigte ich sie, „ich bin kein Freund von Zeus. Ich suche ein Mädchen. Eine Freundin von mir. Sie heißt Simone und soll in letzter Zeit mit diesem Zeus zusammen gewesen sein."

Ich gab ihr das Foto. Sie starrte es ein paar Sekunden intensiv an.

„Ja", sagte sie schließlich, „die kenn ich. Allerdings nennt sie sich Lola. Sie ist hier auf den Strich gegangen." Sie musterte mich skeptisch. „Bist du ihr neuer Zuhälter? Dann hast du Pech gehabt, wenn deine Freundin wirklich mit Zeus zusammen ist. Mit dem ist nämlich nicht zu spaßen."

Ich winkte ab.

„Ich kenn die Geschichten. Wie gesagt, ich bin nicht ihr Zuhälter. Ich bin nur ein Freund und will ihr bloß einen Brief geben. Aber um sie zu finden, muss ich erst an Zeus rankommen. Könntest du mir dabei helfen?"

Sie witterte ihre Chance.

„Das kostet dich aber was", meinte sie.

„Wie viel?"

„'nen Riesen."

„Mach's gut", sagte ich und drehte mich um. Verarschen konnte ich mich alleine.

„He, warte!", rief sie mir hinterher. „War doch nur Spaß. Lad mich beim *Köstli* zum Essen ein, dann sag ich's dir. Ich sterbe vor Hunger." Sie rieb sich ihren flachen Bauch.

Wir gingen zu dritt unter einem mattvioletten Himmel hinüber zur Karlsplatzpassage und setzten uns den verzehrbaren Bedrohungen bei *Köstli* aus. Seit letzter Woche hatte sich hier nichts geändert: nicht die Leute, nicht das Essen, und nicht das Frittieröl.

„Bestell, was du willst", sagte ich zu dem Mädchen. Sie verlangte einmal Hühnerschenkel, einmal Pommes und eine Cola. Paul bezahlte, ohne zu murren, dann gingen wir zu einem der Tische ganz hinten.

„Wie heißt du eigentlich?"

„Nina."

Ich schaute ihr beim Essen zu. Sie war nicht wirklich hübsch. Kurze schwarze Haare, engstehende grüne Augen und eine Nase, die eine Spur zu groß war für ihr Gesicht, aber für den dritten Platz in einem Provinzschönheitswettbewerb würde es reichen.

„Nina", sagte Paul mit träumerischem Gesichtsausdruck. „Ist das dein Künstlername, oder heißt du wirklich so?“ Er konnte anscheinend kein Fettnäpfchen auslassen, dieser Idiot!

Nina sah ihn böse an.

„Du hältst dich wohl für witzig, was? Glaubst, dass das nur ein nettes kleines Spielchen ist? Ich will dir mal was zeigen, du Komiker!“

Sie knöpfte ihre feuerrote Bluse auf und entblößte eine mit Blaumalen übersäte Brust. Die dunklen Flecken bildeten einen eigenartigen Kontrast zu ihrer weißen Haut. Einen verdammt hässlichen.

„Mein Gott“, murmelte Paul. „War das dein Zuhälter?“

„Zuhälter?“ Nina lachte gequält. „Nein, ein Zuhälter würde sein Arbeitsgerät an unauffälligeren Stellen kennzeichnen. Das war ein Freier. Ein fünfzigjähriger Fettsack, der mir auf seine alten Tage zeigen wollte, was für ein starker Typ er immer noch ist. Was ist los, warum lachst du nicht? Nicht mehr lustig, mein Spielchen?“

Paul schaute verlegen zur Seite.

„Tut mir leid“, flüsterte er, „ich hab das nicht gewusst.“

„Jetzt weißt du es“, sagte Nina hart. Dann, zu mir gewandt: „Okay, was willst du über Zeus wissen?“ Sie steckte sich einen fettigen Hühnerschenkel in den Mund.

„Alles, was du mir über ihn erzählen kannst. Was genau er macht, wieso er es macht und, vor allem, wo wir ihn finden.“

„Tja, was macht er?“ Sie kaute und dachte nach. „Er ist ’ne Art Streetworker. Hängt in der Szene rum und verteilt Spritzen, Gummis, Süßigkeiten und so Zeug an junge Nutten."

„Nur an Nutten und nur an junge?"

„Ja, meistens. Klar, wenn irgendein fertiger Junkie aufkreuzt, gibt er ihm 'ne Pumpe, aber seine Lieblinge sind eindeutig junge Nutten." Sie warf den abgenagten Knochen auf ihren Teller.

„Du dachtest vorhin, ich sei ein Bekannter von Zeus, und bist erschrocken. Warum?"

Sie schob den Teller mit den Hühnerknochen von sich weg und machte sich über die Pommes her. Mir wurde schon vom Zusehen fast schlecht.

„Es gibt da so Gerüchte. Ein paar Nutten sind in letzter Zeit verschwunden, und sie alle sind kurz zuvor mit Zeus gesehen worden."

„Was heißt verschwunden? Untergetaucht, ins Ausland gebracht, ermordet?" Ich stibitzte eine Pommes von ihrem Teller. Reine Abhärtung.

„Keine Ahnung", sagte Nina. „Keines der Mädchen ist wieder aufgetaucht. Auch nicht als Leiche."

„Kanntest du sie?"

„Zum Teil. Vom Sehen natürlich alle, aber näher nur eine. Vera."

„Hat sich Zeus auch für dich besonders interessiert?", fragte ich.

„Ja", sagte Nina. „Das war ungefähr vier Wochen nach Veras Verschwinden. Ich hab ihm gesagt, er solle sich zum Teufel scheren."

„Hat er das?“

„Mehr oder weniger. Er hat noch ein paarmal versucht, sich bei mir einzuschleimen, hat’s aber ziemlich schnell aufgegeben. Ich kann verdammt zickig sein, wenn ich will“, sagte sie mit resoluter Miene.

„Kann ich mir gut vorstellen“, murmelte ich. „Ach ja, wie hat Vera denn ausgesehen?“

Ein plötzlicher Einfall. Wer weiß, vielleicht brachte er uns weiter.

„Vom Typ her ziemlich gleich wie ich. Dunkle Haare, ähnliche Figur. Wieso?“

„Ach, war nur so ’ne Idee“, sagte ich. Aber innerlich grinste ich: ins Blaue gezielt, ins Schwarze getroffen!

Nina steckte sich eine Zigarette ins Gesicht und kramte in ihrer gelben Plastikhandtasche nach einem Feuerzeug. Paul kam ihr zuvor und bot ihr ein brennendes Streichholz an. Nina nahm einen Zug an ihrer Zigarette, die in einem polierten Holzmundstück steckte, blies das Streichholz aus und lächelte Paul an.

„Hast wohl ein schlechtes Gewissen wegen vorhin, was? Schon okay, ich verzeih dir. Ich kann es nur auf den verdammten Tod nicht ausstehen, wenn irgendwelche blasierten Arschlöcher denken, auf den Strich zu gehen sei eine angenehme Freizeitbeschäftigung, bei der man sogar noch Kohle verdient!“ Ihr Gesicht wurde wieder hart.

„Glaubst du, dass Zeus etwas mit den verschwundenen Mädchen zu tun hat?“, lenkte ich Ninas Aufmerksamkeit wieder auf mich.

„Kann schon sein", sagte sie achselzuckend. „Zeus ist das erste Mal vor ungefähr 'nem halben Jahr hier aufgetaucht. Das erste Mädchen ist vier Wochen später verschwunden."

„Hat sich die Polizei nie um die Angelegenheit gekümmert?", warf Paul ein.

„Die Bullen?", sagte Nina verächtlich. „Die haben hier ein- oder zweimal vorbeigeschaut, und damit hatte sich die Sache. Waren wahrscheinlich froh, dass es wieder ein Nutte weniger gab, die ihnen Schwierigkeiten machen konnte." Sie drückte ihre angerauchte Zigarette in einem Plastikaschenbecher aus.

„Von wie vielen reden wir hier?", fragte ich.

„Du meinst Mädchen, die mit Zeus gesehen wurden, bevor sie verschwanden?" Sie runzelte die Stirn. „Fünf."

Fünf. Sechs. Simone. Langsam wurde mir einiges klar.

„Kannst du uns sagen, wo wir Zeus finden?"

„Er ist fast jeden Samstag hier", sagte Nina.

Ich schaute sie fragend an.

„Nicht hier drin, Dummkopf. Draußen, im Resselpark. Er parkt seinen Bus meistens oben in der Wiedner Hauptstraße und kommt dann runter, um seine Sachen zu verteilen. Aber wie gesagt, sei vorsichtig. Er ist gefährlich und versteht keinen Spaß."

„Hab's kapiert", murmelte ich.

„Wollt ihr sonst noch was wissen?", fragte sie.

„Nein, ich denke, das war alles. Mir fällt im Moment jedenfalls nichts mehr ein. Was ist mir dir, Paul?“

Er schüttelte den Kopf.

Nina stand auf und steckte eine neue Zigarette in ihr Mundstück.

„Danke für die Infos“, sagte ich und gab ihr die Hand. Sie steckte die fünf Scheine ein, grinste mich an und verschwand Richtung Park.

„Was jetzt?“, fragte Paul.

„Jetzt gehen wir nach Hause. Morgen ist Samstag, da werden wir unserem Göttervater ’nen Besuch abstatten.“

Wir schnappten uns die letzte U-Bahn und fuhren zur Kettenbrückengasse. Ich drehte mich immer noch nach allen Seiten um; sicher ist sicher.

Nachdem Paul im Hotel verschwunden war, machte ich meinen inzwischen üblichen Spaziergang nach Hause.

Als ich im Bett lag, schlief ich sofort ein.

♦ ♦ ♦

Neun Uhr abends. Resselpark.

Ich saß mit Paul auf einer der Bänke. Vor uns hatten wir demonstrativ eine Flasche Fusel platziert; wir wollten nicht auffallen. Paul hatte wieder seine den Umständen entsprechenden Klamotten an, dieselben wie gestern. Ich trug meine gammligen Leinenturnschuhe, graue Jeans mit etlichen Flicken und ein blaues Kapuzenshirt, auf dessen Brustseite in verblasster weißer Schrift das Wort *Masterpiece* zu lesen war. Ein Geruch von routinierter Verzweiflung und Hundescheiße lag in der Luft. Ab und zu wurden wir von Pennern um Geld angeschnorrt, aber ich wies sie mit theatralischen Gesten ab; wer an diesem Ort Geld zu verschenken hatte, kam entweder von den Bullen oder aus einer psychiatrischen Anstalt.

Wir schütteten uns den ekligen Wein in den Schlund und sahen den Nutten beim Streiten zu. Sie hatten ganz schön harte Sprüche auf Lager. Dann, um ungefähr Viertel vor zehn, sahen wir unser *objet du désir.* Zeus. Er marschierte den Weg von der Wiedner Hauptstraße herunter, ein ungefähr vierzehnjähriges Mädchen im Schlepptau. Seiner Figur nach zu urteilen hatte er ein lebenslanges Abo in einem Bodybuildingcenter; ein Abo, das er redlich ausnutzte. Dazu kam eine blonde Mähne wie ein nitratgedüngtes Weizenfeld, ein Rauschebart und Armyklamotten im Schneetarndesign. Um seinen Hals und an seinen Fingern hatte er mehr Schmuck als Andre Agassi.

Er setzte sich ein paar Meter von uns entfernt auf eine Bank, öffnete seinen getarnten Seesack und war sofort von Horden von Strichern, Pennern und Fixern umringt. Mit einem leisen Summen und einem Flackern erwachten die Laternen zum Leben.

Ich schaute mir Zeus genauer an. Irgendwie kam er mir bekannt vor. Ich stand von der Bank auf, bedeutete

Paul, sitzen zu bleiben, ging ein bisschen näher ran und betrachtete Zeus ausgiebig im orangefarbenen Licht der Laternen. Ich konnte nicht sagen, was es war, aber irgendetwas an seinem Gesicht erinnerte mich an jemanden, den ich erst vor kurzem gesehen hatte. Es fiel mir jedoch ums Verrecken nicht ein.

Ich trabte zurück zu Paul.

„Wir warten besser, bis der Trubel hier vorbei ist", sagte ich und setzte mich auf die Bank.

„Und was machen wir bis dahin?"

„Uns mit Fusel betrinken."

Nach ungefähr einer halben Stunde, in der reges Kommen und Gehen und Zeugverteilen herrschte, waren nur noch das Mädchen, das mit Zeus gekommen war, und eine weitere junge Stricherin bei ihm. Nach einer kurzen Unterhaltung gingen die beiden den Weg hinauf, wahrscheinlich zu Zeus' Wagen. Jetzt wollten auch wir was vom Weihnachtsmann. Wir erhoben uns von der Bank und marschierten rüber zu Zeus.

„Äh, hallo", sagte ich. Verdammt guter Anfang! „Ich bin Jerry. Kann ich dich kurz sprechen?"

Er starrte mich an. Im Sitzen war er beinahe so groß wie ich im Stehen.

„Worum geht's?", fragte er. Seine Stimme dröhnte wie aus einem Basslautsprecher.

„Um eine Freundin von uns. Sie heißt Simone und nennt sich manchmal auch Lola. Angeblich ist sie seit einiger Zeit mit dir zusammen." Ich zeigte ihm das Foto.

„Kenn ich“, brummte er. „Ist auf'n Strich gegangen. Hatte diesen Scheißkerl Freddy am Hals. Hab sie da weggeholt. Was willst du von ihr? Bist du der Nachfolger von Freddy?“ Er stand schwerfällig auf. Wie ein Bär. „Wenn du ihr neuer Zuhälter bist, verschwindest du besser.“

Er funkelte mich böse an und versuchte, mich mit seiner Statur zu beeindrucken. Das gelang ihm vortrefflich.

„Nein, äh …“, fing ich an.

„Sie geht nicht mehr auf'n Strich“, unterbrach mich Zeus. „Und sie geht auch nicht mit dir mit. Ich hoffe, ich muss nicht deutlicher werden.“

Ich fuhr mir mit dem Handrücken über die Stirn.

„Ich bin nicht ihr neuer Zuhälter“, sagte ich. „Ich bin ein Freund von Simone, und ich will nur mit ihr reden oder ihr wenigstens einen Brief geben.“

Er sah mich misstrauisch an.

„Du kannst den Brief mir geben. Sie kriegt ihn dann schon.“ Er fummelte an seinen Goldketten herum.

Sah nach einer Sackgasse aus. Okay, Themenwechsel.

„Ist Simone noch mit dir zusammen?“, bohrte ich weiter.

„Was meinst du damit?“, knurrte er mich an. Sein Blick stand seiner Stimme in nichts nach.

„Na ja, es kursieren Gerüchte in der Szene, dass die Mädchen, die mit dir zusammen sind, die seltene Gabe haben, sich in Luft aufzulösen. Paul und ich sind alte Freunde von Simone, und es würde uns gar nicht gefallen, wenn sie auf einmal vom Erdboden verschwunden wäre, du verstehst?“

Ich musste wohl übergeschnappt sein oder ich hatte einen Anfall von plötzlicher Sehschwäche, dass ich einen solchen Ton anschlug. Allein aus Zeus’ T-Shirt hätte ich mir drei komplette Kollektionen nähen lassen können.

Zeus starrte uns ein paar Sekunden reglos an, holte dann einen lederbezogenen Totschläger aus seiner Tarnjacke.

„Ihr haut jetzt besser ab und lasst euch hier nicht mehr sehen. Wenn ihr Pfeifen mir noch mal über den Weg lauft, verputz ich euch zum Frühstück!“ Wenn man ihn so anschaute, eine durchaus glaubwürdige Drohung.

„Sag mir zumindest, ob Simone noch mit dir zusammen ist“, versuchte ich es ein letztes Mal.

Genau einmal zu viel.

Zeus holte aus und verpasste mir einen knallharten Schlag aufs Ohr. Es brannte höllisch. Als die Rute zum zweiten Mal niedersauste, war ich darauf gefasst und sprang zur Seite. Mein anderes Ohr brauchte ich noch.

„Machen wir, dass wir wegkommen“, rief ich Paul zu. Das brauchte ich ihm nicht zweimal zu sagen. Wir wollten nicht, dass sich Zeus’ Totschläger zu schnell abnutzte.

Als wir keuchend unter den Laternen an der Wiedner Hauptstraße standen, fragte mich Paul:

„Glaubst du, dass er etwas mit Simones Verschwinden zu tun hat?“

„Keine Ahnung“, sagte ich und spuckte auf den Boden. „Wir wissen ja nicht mal, ob Simone noch bei ihm ist. Vielleicht ist sie wieder zu ihrem Zuhälter zurück, diesem Freddy. Turkey, der Typ aus Marys Lokal, hat gemeint, dass viele Nutten so etwas machen. Vielleicht sind wir Zeus einfach nur auf die Nerven gegangen mit unserer Fragerei.“ Ich rieb mein schmerzendes Ohr. „Aber ein bisschen heftig reagiert hat er schon.“

Wir gingen die Wiedner Hauptstraße runter und bogen in die Phorusgasse ein. Vor der Nummer neun blieben wir stehen.

„Und jetzt?“, fragte Paul. „Wie geht's weiter?“

„Wir warten erst mal ab.“

„Worauf denn?“

„Bis sich irgendwas ergibt. Die beiden einzigen Spuren, die wir im Moment haben, sind Freddy, den in letzter Zeit keiner gesehen hat, und Zeus. Zeus haben wir auf den Zahn gefühlt, und Freddy wird wahrscheinlich ebenfalls mitgekriegt haben, dass wir nach ihm beziehungsweise Simone suchen, bei den vielen Fragen, die wir in letzter Zeit gestellt haben. Wenn Simone mit uns Kontakt aufnehmen will, dürfte es für sie kein Problem sein, mich zu finden. Falls einer der beiden Dreck am Stecken hat und sich von unseren Nachforschungen bedroht fühlt, werden wir wohl bald etwas von ihm hören.“

„Was denn zum Beispiel?“

„Keine Ahnung. Aber sicher nichts Gutes." Ich dachte an meine früheren Aufträge zurück. „Aber mach dir darüber keine Sorgen", sagte ich und betastete wieder mein Ohr. Offenbar hatten es im Moment alle auf mich abgesehen.

„Wenn einer von uns beiden unangenehmen Besuch bekommt, dann werde das wahrscheinlich ich sein, nicht du. Geh ins Hotel, schlaf dich aus. Wenn sich was tut, meld ich mich. Schau dir inzwischen Wien an. Übrigens, wie hat dir der Abend im *Dirty Deeds* gefallen?"

„Ganz gut", flüsterte er und wurde rot. „Ich sollte vielleicht noch mal dort vorbeischauen."

„Ja, vielleicht. Okay, bis dann."

„Halt, warte! Wie komm ich jetzt ins Hotel?"

„Ganz einfach: Du gehst geradeaus, bis du auf die Margaretenstraße stößt. Dort biegst du rechts ab und nimmst die dritte Straße links. Dann stehst du direkt vor dem Hotel. Alles klar?"

„Ich denke schon. Gute Nacht."

Er ging in der samtig weichen Luft die Straße hinunter wie ein verlorenes Kind in einem fremden Land.

Was für ein Herzchen.

5

Montag. Zwei Tage waren vergangen, nichts war passiert. Sah ganz so aus, als hätte ich mich in Spekulationen und Theorien, in etwas rein Hypothetisches verstrickt.

Ich saß in meiner Bude, trank literweise Tee, starrte aus dem Fenster und blätterte in Büchern, die ich schon zwei- oder dreimal gelesen hatte. Den gestrigen Tag hatte ich genutzt, um meinem Zimmer einen Hauch dieses Endlagerflairs zu nehmen, ansonsten erholte ich mich von den Strapazen der letzten Zeit. Eine Schlägerei, aus der ich als Verlierer herausgekrochen war. Ein blauverfärbtes Ohr. Und ein Streifzug durch die Rotlichtschuppen mit diesen abgemagerten, traurigen Mädchen aus irgendwelchen Provinzorten, die sich nach einigen Monaten in einer Peepshowkabine oder hinter einem Tresen, der von tittengeilen Fettsäcken belagert war, nicht mehr einredeten, es sei nur vorübergehend, sondern die sich damit abfanden, letzter Abspritzimpuls für einsame und meist eklige Typen zu sein. Zum Wachwerden Kaffee und Speed, zum Einschlafen Tee und Rohypnol; den ganzen Rest zum reinen Durchhalten.

Ich dachte an Nina, an ihre blaue Brust, an ihr eigentlich hübsches Gesicht, aus dem zwei Augen starrten, die alles schon gesehen hatten und die nur noch die

Wiederholungen registrierten. Ich musste mich zusammenreißen, um nicht in allzu pathetische oder gewaltfantasiegeprägte Gefilde abzudriften.

Ich betrachtete meine Arme: keine Einstichspuren mehr. Ich war froher denn je, es hinter mir zu haben. Eine intravenöse Beziehung dauert länger als jede Liebesgeschichte.

Paul war jetzt seit elf Tagen hier. Nach einer hitzigen Diskussion mit seinem Chef war es ihm gelungen, die angefangene Woche noch frei zu bekommen. Für mich wäre die Sache eigentlich seit Freitag erledigt gewesen. Eine Woche suchen, zehn Riesen, so lautete die Abmachung. Wenn wir Simone nicht fanden, nicht mein Problem; theoretisch zumindest. Denn in der Praxis sah das Ganze ein bisschen anders aus. Mein Ehrgeiz war in dieser letzten Woche schlagartig erwacht. Ich hatte eine lange Zeit nur mit mir selbst, meinen Büchern und meinen Drogen verbracht; eine zu lange Zeit.

Ich hatte mich von allem isoliert. Nicht, dass ich mich wieder nach der Sucht und den Schlägerjobs sehnte, nein, es waren die Leute, die mir abgingen. Nicht so sehr als Freunde, sondern als bekannte Gesichter, als Markierungssteine im Ödland der Stadt. Wenn ich jetzt irgendwohin ging, starrte ich in Gesichter, die ich nicht kannte; jünger, kaputter, fremder. Mit meiner Drogensucht hatte ich auch die meisten meiner früheren Kontakte beendet. Manchmal rief ich den Doc an, aber er war fast immer beschäftigt; Kunden, Könige und so weiter. In der Therapie wurden einem zwar wunderbare Ratschläge erteilt, so zum Beispiel, sich von alten Freunden fernzuhalten; wie man aber neue Freunde außerhalb der Szene fand, wenn man eine Ewigkeit ein Junkie gewesen war, wurde einem nicht gesagt. Doch ich wusste, ich musste wieder mehr unter Leute kommen.

Der andere Grund, weshalb ich Simone unbedingt finden wollte, war, um mir zu beweisen, dass ich mich noch in der Szene durchsetzen konnte, und zwar ohne harte Drogen. Das Ganze hatte weniger mit Simone als Person zu tun, immerhin hatte ich sie beinahe vier Jahre nicht mehr gesehen, sondern entsprang diesem kindischen Drang, mir eine Aufgabe zu stellen und diese auch zu erledigen. Wenn man eine potentielle Lösung für seine Probleme hat, sollte man auf tiefgehende Autopsychoanalyse pfeifen.

Mit der Zeit wurde ich kribbelig von dieser planlosen Warterei. Es dauerte allerdings nicht lange, da hatte ich den Schlamassel, den ich anscheinend unbedingt wollte.

Fünf Uhr nachmittags. Es goss in Strömen. Trotz der frühen Stunde war der Himmel beinahe schwarz und ein einziges dunkles Fließen. Ich stand am Fenster und beobachtete aufgeregte junge Mütter, die ihre Kinder aus der gegenüberliegenden Schule direkt in die schützenden Autos scheuchten. Die Leute, die das Postamt verließen, mühten sich mit ihren Schirmen ab, die der Wind zu ungewohnten und vom Hersteller kaum beabsichtigten Konstruktionen verbog. Direkt unter meinem Fenster parkte ein rotes Golf Cabrio mit geschlossenem Verdeck.

Ich machte mir eine frische Kanne Tee, baute einen Joint, setzte mich ans Fenster und betrachtete die sich biegenden Bäume in dem kleinen Park hinter der Leibenfrostgasse. Bei dem Sauwetter kamen mir der Tee und der Flugstängel doppelt so gut vor wie sonst.

Ich goss mir gerade die dritte Tasse ein, als ich glaubte, ein Läuten an der Haustür gehört zu haben. Ich angelte mir die Fernbedienung, stellte die Musik (Codeine) leiser und wartete auf das neuerliche Klingeln. Es erfolgte keines. Ich widmete mich wieder der Betrachtung der Bäume, als ich das Läuten hörte, diesmal ganz deutlich. Vielleicht war es Paul, der einen Spaziergang gemacht hatte, vom Regen überrascht worden war und sich nun bei mir abtrocknen und aufwärmen wollte. Oder wieder dieser Braunmensch von der Post, der gekommen war, um mich mit seinen Rundfunkgebühren zu nerven. Ich würde ihm zuerst das durchgeschnittene Radiokabel zeigen und dann die kalte Schulter.

Ich drückte meinen Joint sorgfältig im Blumentopf aus, stellte die Teetasse auf den Tisch, schaltete die Musik aus und ging zur Tür.

Die blauschimmernde Knarre, deren Mündung auf mein Gesicht zeigte, sah trotz ihrer Kompaktheit bedrohlich aus. Die metallisch glänzende Schönheit schob sich näher an meine Nase heran und bedeutete mir, zurück ins Zimmer zu gehen. Wer könnte sich einer so sanften Aufforderung widersetzen?

„Hab ich dir nicht gesagt, dass ich's dir noch heimzahle, dreckiger Junkie?", fragte Udo.

Was für ein Herzchen. Er machte die Wohnungstür hinter sich zu, drängte mich ins Zimmer, deutete mit der Knarre auf einen Stuhl und setzte sich auf den anderen.

„Hallo, Udo", sagte ich, „Scheißwetter, nicht wahr? Möchtest du eine Tasse Tee? Ist ganz frisch." Ich deutete auf die Kanne aus weißem Porzellan, die auf dem Tisch stand.

„Spiel bloß nicht wieder den Klugscheißer!", warnte er mich. „Du weißt doch noch, wie es dir das letzte Mal ergangen ist, oder?"

Er fuchtelte mit seiner Knarre herum. Sie zeichnete abstrakte Figuren in die Luft.

„Besser als dir, schätze ich", sagte ich mit zuckersüßem Lächeln. „Wie ich sehe, hat mein Schlüsselkuss einen bleibenden Eindruck auf dich gemacht." Er rieb sich die geschwollene Narbe an seiner Wange. Sie passte gut zu seiner restlichen Erscheinung. Er sah wirklich entzückend aus.

„Wenn du weder Tee noch eine in die Fresse willst, was machst du dann hier?", fragte ich und lehnte mich im Stuhl zurück.

„Nur weiter so", sagte er. „Du bekommst gleich alles zurück."

Er streichelte seine Waffe. Ich bekam eine leichte Gänsehaut, ansonsten war ich entspannt. Der Joint hatte mich cool gemacht. Einzig das Ohr, an dem Zeus seinen Totschläger ausprobiert hatte, tat ein bisschen weh.

„Wunderst du dich gar nicht, dass ich bei dir auftauche?“, fragte Udo und grinste selbstsicher. Seine Zähne strahlten mich wider Erwarten vollzählig an.

„Nicht sonderlich. Ich weiß, dass alle euch Nazi-Herzchen hassen, ihr als Kinder nicht geliebt wurdet und die Lehrer euch absichtlich schlechte Noten gaben. Ich vermute, du willst dich bei mir ausheulen, weil du dir keinen Psychiater leisten kannst.“

Udo lief so rot an wie die kommunistische Bedrohung, die in seinem Schädel herumspukte. Immerhin hatte er heute nicht diese dämliche Schleife am Arm.

„Langsam ist dein Konto voll“, knurrte er. „Ich bin eigentlich ein friedlicher Mensch, aber ich warne dich, treib es nicht zu weit!“

Ich trank einen Schluck Tee und schaute zum Fenster. Immer noch klatschten die Regentropfen gegen die Scheiben. Dann musterte ich Udo mit seinem Spielzeug. Wer mit einer Knarre in der Hand herumspazierte, würde sie entweder sowieso verwenden, ob man ihm gut zuredete oder nicht, oder er war ein Bluffer. Beim Schrumpfkopfherzchen tippte ich auf Letzteres.

„Du hast dich in letzter Zeit für Dinge interessiert, für die du zu deinem eigenen Besten kein Interesse haben solltest“, sagte Udo. Hatte der Blödmann einen Rhetorikschnellkurs besucht oder den Satz auswendig gelernt?

„Ich weiß nicht, was du meinst“, erwiderte ich scheinheilig. „Geht es um die Simulationstheorien von Baudrillard? Oder Lyotards Thesen zur postmodernen Kunst?“

Udo schenkte mir wieder einen Blick auf seine Zahnreihen.

„Tu dir keinen Zwang an, mach ruhig weiter so. Ich notiere alles in meinem Kopf.“

„Verdammt!“, rief ich aufgebracht. „Das hättest du mir gleich sagen sollen. Dann hätte ich weniger geredet. Ich will dich nicht überfordern, wo du schon die schwere Pistole mit dir herumschleppen musst.“

Udo, das Herzchen mit Sinn fürs Dramatische, griff nach meiner halbgefüllten Teetasse und zerbrach sie mit einem Druck seiner schwieligen Hand. Er ließ die Porzellanscherben auf den Tisch rieseln und wischte sein Blut und meinen Earl Grey an der Hose ab. Ich war ehrlich beeindruckt.

„So wird es gleich deinem Schädel ergehen“, fauchte er mich an. „Wenn ich mit dir fertig bin, siehst du aus wie das da.“ Er deutete auf den blutigen Scherbenhaufen.

„Wir wollen doch nichts überstürzen. Tu mir einen Gefallen und trink eine Tasse Tee mit mir. Erzähl mir, wer dich geschickt hat, dann kannst du mir meinetwegen eine in die Fresse geben. Ich weiß nur gern, weshalb ich mich eine Woche nicht mehr rasieren kann.“

„Von mir aus. Nur zu, lass mich deinen verdammten Tee probieren."

Ich ging in den Vorraum und holte zwei saubere Tassen aus dem Kasten.

„Willst du auch Milch?"

„Sicher, warum nicht?"

Ich öffnete den Kühlschrank und zog vorsichtig den Klebstreifen ab, der an der Innenseite der Tür befestigt war. Darunter kamen meine zehn Trips zum Vorschein, die ich vom Doc gekauft hatte. Im Kühlschrank blieb das LSD länger frisch und verlor seine Wirkung nicht so schnell.

Ich riss das Papierstück in zwei Hälften, klebte die eine wieder an die Tür, steckte die andere in meine Hosentasche, nahm die Milch heraus und ging zurück zu Udo-Herzchen.

„Schau dich ruhig um", sagte ich und schenkte den Tee ein. „Fühl dich wie zu Hause."

„Wenn du glaubst, dass du es auf die freundliche Tour schaffst, einer Spezialbehandlung zu entgehen, hast du dich getäuscht", sagte er.

Dennoch stand er auf und spazierte im Zimmer herum. Ich warf die Trips in seinen Tee und hoffte, er würde sich lange genug mit meiner CD-Sammlung beschäftigen, damit sein Earl Grey richtig ziehen konnte. LSD ist wasserlöslich, und als ich den Fetzen nach einer knappen Minute rausfischte, war ich ziemlich sicher, dass dieses Gebräu seine aufmunternde Wirkung nicht verfehlen würde. Nun musste ich Udo nur noch dazu bringen, den Tee zu trinken und ihn dann so lange davon abhalten, mir ans Leder zu gehen, bis der Stoff ordentlich einfuhr. Normalerweise dauerte das ungefähr eine halbe Stunde, aber bei der großzügigen Dosis, die ich ihm spendiert hatte, würde es hoffentlich schneller gehen. Und dann wäre ich für Udo mit ein bisschen Schauspielkunst der Leibhaftige in Person.

„Wie gefallen dir meine CDs?", wollte ich wissen.

Udo drehte sich um und sagte: „Na ja, ein paar sind nicht übel. Die neue Ice-T zum Beispiel. Hab ich auch."

Ich dachte, ich hör nicht recht. Ein Nazi-Schrumpfkopf, der Farbige hasste, Schwule, Juden, oder wer ihm gerade über den Weg lief, stand auf Rap!

„Ice-T ist ein Schwarzer", sagte ich vorsichtig.

„Weiß ich." Er zuckte mit den Achseln. „Die CD ist trotzdem okay."

„Ich dachte, ihr Nazis hasst die Schwarzen, unter anderem."

„Nicht alle. Nur die hier in Wien. Wenn dieses Gesocks in Amerika oder sonst wo lebt, ist mir das egal. Nur nicht in Österreich." Welch geistreiche Rede! Er schob die CD zurück ins Regal.

„Ist das nicht inkonsequent, ich meine, bei eurer politischen Einstellung?"

Udo lachte. „Was heißt hier politische Einstellung? Politik interessiert mich einen Dreck. Diese Bonzen verarschen doch das Volk nur!" Er wurde rot im Gesicht.

„Aha“, sagte ich, so schlau wie vorher.

Udo setzte sich wieder an den Tisch, beäugte den Tee eine Sekunde lang misstrauisch und trank ihn dann mit langen Schlucken. Teil eins war geschafft!

„Du hast vorhin auf deine unnachahmlich charmante Art angedeutet, dass jemand dich geschickt hat, um mir 'ne Abreibung zu verpassen, damit ich mit meinen Schnüffeleien aufhöre. Kommst du von Freddy oder von Zeus?“

Udo schaute mich verständnislos an.

„Freddy? Meinst du diesen miesen kleinen Zuhälter?“ Er lachte. „Du traust mir zu, dass ich für so jemanden arbeite? Freddy – wirklich ein guter Witz. Der trägt wahrscheinlich immer noch ein Gipsarmband ums Handgelenk.“ Okay, blieb also Zeus.

„Was habt ihr Schrumpfköpfe mit Zeus zu tun?“, fragte ich.

„Was wir mit Zeus zu tun haben?“ Er lachte erneut. „Mann, weißt du das immer noch nicht? Hast du keine Augen im Kopf?“ Wieder ein lückenloses Grinsen.

Ich dachte an die schmerzhafte Begegnung mit Zeus im Park und an dieses Déjà-vu-Gefühl. Plötzlich wusste ich, an wen mich Zeus erinnert hatte. An den Hünen aus der U-Bahn!

„Zeus und dein Kumpel aus der U-Bahn sind miteinander verwandt, stimmt's?“

„Stimmt genau, Klugscheißer. Zeus und Karli sind Brüder. Ich dachte, das sei dir längst klar gewesen, als du unseren Sozialarbeiter im Park gesehen hast. Bist anscheinend doch nicht so ein Schlauberger, was?“

Ich schaute auf die Uhr. Es waren erst fünfzehn Minuten vergangen. Zu wenig. „Woher weißt du eigentlich, wo ich wohne?“, fragte ich.

„Ganz einfach. Ich bin dir nachgegangen. Zeus rief mich an, als du und dieser Schleimer aus dem Park verduftet seid, und ich bin euch gefolgt. Kein Problem.“ Natürlich, kein Problem. Wir hatten ja auch höllisch auf Verfolger geachtet.

„Ist Simone bei Zeus?“

„Seh ich aus wie 'n Auskunftsbüro? Ach, was soll's, du hast ja doch keine Chance. Ja, sie ist bei ihm. Jetzt weißt du's. Aber das wird dir nichts nützen.“ Er fuhr sich mit der Hand über seine Stoppeln und wischte sich Schweiß von der Stirn.

„Ist dir heiß?“, fragte ich.

„Kommt von deinem verdammten Tee“, murmelte er.

Es wurde Zeit, das Ganze etwas in Schwung zu bringen. Da man unter LSD sehr leicht beeinflussbar war, vor allem, wenn man vorerst von seinem Glück nichts ahnte, würde es wohl nicht allzu schwer sein, Udo ein paar anheimelnde Panikanfälle zu bescheren.

„Nimmst du eigentlich Drogen, mein Herzchen?“, fragte ich.

„Spinnst du? Ein Skin rührt das Zeug nicht an!“, sagte er im Brustton der Überzeugung, oder was er dafür hielt. „Alk ja, aber Drogen nie!“

Er zog den Reißverschluss seiner Bomberjacke runter und griff sich an die Kehle. Ein sicheres Zeichen, dass das Zeug langsam wirkte.

„Verdammt, ist mir heiß! Ich hätte nicht diesen blöden Tee trinken, sondern dir gleich eine in die Fresse knallen sollen!“ Er legte die Knarre auf den Tisch und fächelte sich mit beiden Händen Luft zu.

„Willst du ein Bier?“, fragte ich. „Schön kalt.“ War ich nicht der perfekter Gastgeber?

„Ja, ich glaub, das könnte ich gebrauchen.“ Wenn er jetzt mit einem Bier nachspülte, würde es sich nur noch um Sekunden handeln, bevor er abhob. Ich ging zum Kühlschrank, holte mein letztes Wieselburger raus und gab Udo die Flasche. Er hielt sie an den Mund und leerte sie in drei Zügen. Ein Profi.

„Weißt du, wie LSD wirkt?“

„Nein, verdammt“, keuchte er. „Ich hab dir doch gesagt, dass ich so Dreckszeug nicht anfasse.“ Er fuhr sich mit der Hand übers Gesicht.

„Du meinst, du fasst so Dreckszeug nicht absichtlich an.“

„Was soll das denn heißen?“ Er sah mich mit großen, leicht schielenden Augen an. Er hatte es noch immer nicht kapiert. Ich schaute wieder auf die Uhr; fünfundzwanzig Minuten waren vorbei. Zeit für Teil zwei.

„Was glaubst du, weshalb du dich so komisch fühlst? Du fühlst dich doch komisch, oder? Benebelt, verwirrt, siehst alles verschwommen, hörst seltsame Geräusche?“

Udo schraubte sich mit Mühe vom Stuhl hoch und torkelte durchs Zimmer. Ein einziger starker Trip konnte unter Umständen sogar einen erfahrenen Acidhead umhauen, fünf Trips bedeuteten für einen Anfänger mit Sicherheit die Hölle auf Erden.

Ich nahm die Pistole vom Tisch und versteckte sie im Vorraum unter einem Altpapierstapel. Dann kam die Einführung in die Wirkung von psychedelischen Rauschmitteln.

„Fühlst du dich gut, Udo?“, fragte ich.

„Nein, verdammt, mir geht's beschissen!“

„Keine Sorge, Herzchen, es wird gleich noch wesentlich schlimmer. Ich hab dir ein paar LSD-Trips in den Tee geworfen. Fünf Stück, um genau zu sein.“

Udo starrte mich entsetzt an. Schweiß quoll in dicken Perlen aus den Poren seines Gesichts. Seine Stoppeln glänzten und seine Kieferknochen waren unnatürlich aufeinandergepresst, was ein knirschendes Geräusch verursachte, wie nasser Sand, der unter Gummiturnschuhen zerrieben wird. Er war voll drauf.

„Du Schwein, du gottverdammtes Schwein! Ich leg dich um!“

Er suchte das Zimmer nach seiner Knarre ab. Als er sie nicht fand, rastete er völlig aus. Er wollte sich auf mich stürzen, verfehlte mich aber und krachte in einen Plastiksack voller Dosen, der neben dem Kühlschrank stand. Thunfischdosen lagen neben Tomaten- und Bohnendosen und wetteiferten um den größten Gestank.

Udo rappelte sich mühsam wieder hoch und wischte sich eine fischige Ölspur von der Stirn.

„Gib mir ein Gegenmittel!“, brüllte er.

Ich lachte ihm ins Gesicht.

„Udo, mein Herzchen, es gibt kein Gegenmittel. Du wirst es durchstehen müssen. Aber das ist halb so wild. Länger als zwanzig Stunden wird es wohl nicht dauern. Noch ein kleiner Tipp: Trink ab und zu mal was. Am besten Orangensaft. Könnte sonst nämlich sein, dass du zusammenklappst und liegenbleibst. Stell dir vor, das passiert im fünfzehnten Bezirk. Ich bin sicher, die Leute, die dort leben und die ihr so liebevoll *Kanaken* und *Tschuschen* nennt, würden sich über so ein Geschenk des Himmels freuen.“ Er sah aus wie ein gehetztes Tier. Ich dachte an die Schlägerei in der U-Bahn. Udo tat mir nicht im Geringsten leid. Vielleicht änderte er ja nach einer Audienz beim Teufel seine Einstellung.

„Tja, Udo, ich würde mich gerne noch mit dir unterhalten, aber ich bin müde und will ins Bett. Wenn es draußen stürmt und pisst, ist es im eigenen Bett immer noch am gemütlichsten, hab ich nicht recht?“ Ich packte ihn am Ohr, zog ihn zur Tür und beförderte ihn ins Stiegenhaus.

„Ich denke, den restlichen Weg kennst du. Einfach nur nach unten. Viel Spaß in der Hölle!“

Ich ging zum Fenster und registrierte mit Befriedigung, dass der Sturm zugelegt hatte. Allerdings bezweifelte ich, dass Udo *Singin' in the Rain* vor sich hinträllerte. Nein, das würde er ganz bestimmt nicht.

Endlich hatte ich Klarheit. Freddy konnte ich getrost vergessen, wenn Udos freizügige Plaudereien der Wahrheit entsprachen. Dass die Schrumpfköpfe mit von der Partie waren, wunderte mich jetzt, da ich wusste, dass Zeus und der U-Bahn-Hüne Brüder waren, nicht mehr.

Ich würde diesem Göttervater noch einen Besuch abstatten. Diesmal hatte ich ja eine Knarre.

Ich ging zum Altpapierstapel und kramte die Pistole hervor. Es war ein Colt Mustang, ein ganz neues Modell. Kostete mindestens acht Riesen. Ich strich über den kurzen Lauf und ließ das Magazin herausgleiten. Sieben Schuss. Ich wog das Baby in der Hand. Kaum mehr als ein halbes Kilo. Ein handliches Ding. Als ich noch für den Doc gearbeitet hatte, herrschte immer striktes Schusswaffenverbot; zu großer Ärger mit den Bullen, falls man erwischt wurde. Allerdings kannte ich mich mit Knarren aus: ein paar Freunde, ein unbebautes Grundstück, ein paar Nachmittage nichts Besseres zu tun.

Ich legte die Pistole zurück unter den Papierstapel und grinste. Zeus würde Besuch von Hermes bekommen. Bald.

6

Die nächsten paar Tage verbrachte ich damit, die ganze Sache ordentlich ins Rollen zu bringen und die Zügel in die Hand zu nehmen. Ich führte einige Telefonate, wärmte alte Kontakte auf, organisierte ein paar Dinge. Heute war Samstag, und Zeus würde wohl wieder seine Samaritertour abziehen. Aber diesmal nicht alleine.

Ich rief Paul im Hotel an.

„Udo war vor ein paar Tagen bei mir."

„Wer?", fragte Paul.

„Der Schrumpfkopf aus der U-Bahn." Ich lehnte entspannt an der Wand und zählte wieder mal die Wasserflecken an der Decke. Würde mir bald 'nen Taschenrechner zulegen müssen.

„Warum das denn?"

Ich klärte Paul über die Verbindung zwischen Zeus und den Gehirnamputierten auf.

„Und was wollte er?"

„Ach, nicht viel. Wir haben Tee getrunken und uns über Musik und Drogen unterhalten. Leider musste er früh gehen."

„Meinst du, der kommt auch zu mir?" Ich konnte seinen mit Deo versetzten Angstschweiß quasi durchs Telefon riechen.

„Keine Sorge. Unser Udo wird den Karlsplatz und die Kettinger in den nächsten Wochen nur aus der Ferne betrachten. Außerdem wird er wohl eine Phobie gegen Tee und Getränke in unverschlossenen Behältern entwickeln." Ich setzte mich aufs Bett.

„Was für eine Phobie?"

„Vergiss es. Hör zu, du bleibst ab jetzt rund um die Uhr auf deinem Zimmer. Du gehst nicht einkaufen, nicht spazieren, du gehst nicht mal raus in den Gang. Hast du alles verstanden?" Ich wechselte den Hörer aufs linke Ohr.

„Ja, schon", antwortete er zaghaft, „aber würdest du mir vielleicht erklären, was das alles soll?" Ich hörte ihn schlucken.

„Ganz einfach: Ich werde Simone holen."

„Du weißt, wo sie ist?" Paul klang aufgeregt.

„Noch nicht. Aber bald. Lass Simone meine Sorge sein. Bleib du einfach auf deinem Zimmer."

„In Ordnung. Wie lange wird das denn dauern?"

„Verdammt, Paul, woher soll ich das wissen? Willst du 'nen minutengenauen Terminplan?" Ich knallte den Hörer auf die Gabel. Es klang wie eine verspätete Neujahrsexplosion.

Ich ging zum Waschbecken, spritzte mir pro forma ein paar Tropfen Wasser ins Gesicht, putzte mir die Zähne und zerrte Jeans, ein T-Shirt und eine Lederjacke aus dem Kasten. Dann schnürte ich meine alten Springerstiefel, steckte die Knarre ein und machte mich auf zum Resselpark.

♦ ♦ ♦

Ich war um acht dort. Die Sonne verschwand langsam am Horizont und beleuchtete mit ihren letzten Strahlen ein paar unwirklich aussehende Häuserfassaden. Aber um sie machte ich mir keine Sorgen; anders als so manche junge Nutte würde sie am nächsten Morgen wieder auftauchen.

Ich ging nicht sofort zum Park runter, sondern suchte erst die Wiedner Hauptstraße nach etwas Bestimmtem ab. Ein paar blickschweifende Momente, bingo!, da war's! Ich ging zum Motorrad und legte meine Hand vorsichtig an den Auspuff. Heiß! Ich blies auf meine Finger und öffnete den Tankdeckel. Voll. Nahm den Helm vom Spiegel, probierte ihn an. Etwas wackelig, passte aber im Großen und Ganzen. Ich holte den Zündschlüssel aus der Lenkertasche, hängte mir den Helm an den Ellbogen und ging runter zum Park. Ich suchte mir einen halbwegs sauber aussehenden Busch aus und hielt mich so diskret im Hintergrund wie ein Finanztycoon.

Stunden vergingen. Penner tauchten auf und gossen sich ihren Fusel in die Leber, die Nutten hielten ihre üblichen Streitgespräche ab, und die Dealer diskutierten über Cannabis- und Mohnanbaugebiete. Inzwischen war es stockdunkel. Von Zeus keine Spur. Ameisen krochen mir die Hosenbeine rauf in meine Boxershorts, eine Spinne hatte sich in meinem Helm eingenistet und mein Magen gab furchtbare Geräusche von sich, die von einem versäumten Mittag- und Abendessen zeugten. Als ich die vierhundertelfte Ameise zerquetscht hatte, hatte ich die Schnauze voll. Ich wollte mich geschlagen aus den vollgepissten Sträuchern schälen, als ich ihn sah. Zeus. Er stampfte den Weg herunter wie eine Litfaßsäule, die Werbung für ein Söldnermagazin macht.

Kaum war er im harten orangefarbenen Laternenlicht in Erscheinung getreten, wurde er von Pennern, Junkies und Strichern umringt. Er verteilte brav seine Spritzen, Gummis und Süßigkeiten, war aber offensichtlich nicht ganz bei der Sache. Er schien auf der Suche nach jemandem, denn er schaute sich andauernd nach allen Richtungen um. Vielleicht wollte er nur sichergehen, dass Udos Warnung Erfolg gehabt hatte. Plötzlich hellte sich sein Gesicht auf. Schwerfällig erhob er sich von der Bank und ging auf ein junges Mädchen zu, das eben gekommen war. Er begann, wild gestikulierend auf sie einzureden, offensichtlich ohne Erfolg. Das Mädchen schüttelte stur seinen Kopf und machte abwehrende Handbewegungen. Zeus drehte sich um, spuckte auf den Boden und keuchte den Weg zur Wiedner Hauptstraße hinauf. Er schien verdammt wütend zu sein, denn er fegte einen Penner, der ihn um Geld anbettelte, mit einem heftigen Stoß in die Büsche. Der verblüffte Penner setzte sich auf und bedachte Zeus mit einem Schwall Verwünschungen. Ich kroch aus meinem duftenden Versteck und hetzte hinter Zeus her. Auf der Wiedner Hauptstraße blickte ich mich um und sah Zeus in seinen Bus einsteigen. Ich rannte zum Motorrad, stülpte mir den Helm über den Kopf, startete die Maschine und jagte ihm nach.

Eine Kawasaki Z 1000 ist trotz ihrer üppigen Motorleistung ein relativ handliches Gerät. Ich hatte keine Probleme, Zeus in seinem altersschwachen Bus zu folgen. Es war schon fast elf, und der Verkehr war spärlich. Zeus beachtete peinlich genau die Geschwindigkeitsbegrenzung. Er war ein vorsichtiger Fahrer und hielt sich immer auf der rechten Spur. Dass ihn die Auseinandersetzung mit dem Mädchen aufgeregt hatte, war an seinem Fahrstil nicht zu erkennen. Ich folgte dem Bus die Linke Wienzeile entlang. Beim Mariahilfer Gürtel bogen wir rechts ab und fuhren Richtung Westbahnhof. In Höhe des Bahnhofs nahmen wir die Felberstraße und folgten ihr, bis sie in die Linzer Straße mündete.

Die Linzer Straße war die Verlängerung der Felberstraße, was hieß, dass wir auf dem Weg aus der Stadt raus waren. Da hier kaum noch Verkehr herrschte, ließ ich mich ein bisschen zurückfallen. Ich wollte nicht, dass Zeus ständig einen Motorradfahrer in seinem Rückspiegel kleben hatte wie eine tote Fliege.

Nach einigen Minuten gelangten wir an die Endstation der Straßenbahnlinie 49. Zeus bremste, bog rechts ab und stellte den Bus auf einem Parkplatz ab. Ich blieb in sicherer Entfernung stehen, schaute mich um und wartete. Ein geschlossener Imbissstand – er hieß *Zum bladen Wickerl*, was mich an Mary denken ließ –, ein ebenfalls geschlossenes Chinarestaurant und ein paar Autos, die auf dem Parkplatz verloren wirkten. Weiter hinten konnte ich ein paar teuer aussehende Villen und eine Kirche im trüben Licht erkennen, das der Halbmond herunterschickte. Was zum Teufel wollte Zeus hier?

Ich stellte das Motorrad ab und folgte ihm. Er marschierte die schmale, fahl beleuchtete Straße hoch, ohne sich auch nur einmal umzusehen. Er schien sich verdammt sicher zu sein. Nach ein paar Minuten blieb er neben einem Zaun stehen, rüttelte an den Latten, zog sich mit einer schwungvollen Bewegung an einer davon hoch und war mit einem Sprung hinter der Bretterwand verschwunden. Jetzt wusste ich, wohin er wollte. Auf dem umzäunten Grundstück stand ein altes, verlassenes Haus, das beinahe vollständig eingestürzt war. Früher hatten hier Obdachlose gewohnt, was dem Haus den Namen *Sandlervilla* eingebracht hatte. Heute kamen nur noch ab und an ein paar Jugendliche vorbei, um zu kiffen oder um die Freuden des Sexuallebens auszuprobieren. Manchmal verschlug es auch Fotografen hierher, die eine außergewöhnliche Kulisse für ihre Aufnahmen suchten.

Ich ging am Zaun entlang, suchte nach der Brettertür und zog daran. Mit einem leisen Quietschen öffnete sie sich. Ich hatte diese Gymnastik à la Zeus nicht nötig. Ich blieb am Zaun stehen und schaute zum Haus hinüber, konnte aber niemanden sehen. Ich ging näher ran. Überall lag Gerümpel herum, an dem ich mir die Schienbeine stieß. Vor dem Haus verschnaufte ich kurz. Seit knapp zwei Monaten keine einzige Zigarette geraucht und trotzdem noch so verdammt kurzatmig!

Ich hatte irgendein Geräusch erwartet, etwas, das mir signalisierte, wo Zeus war, aber so sehr ich auch die Ohren spitzte, ich hörte nur ein paar Grillen und den Wind, der durch die Bäume strich. Ich schaute mich noch mal um – nichts – und schlich eine Rampe hoch, die zu einer verfallenen Terrasse führte.

Scharfäugig und mit angehaltenem Atem starrte ich in das modrige Dunkel, sah und hörte aber nach wie vor nichts. Nicht einmal Ratten auf Nahrungssuche. Verdammt! Ich tastete mich die Rampe wieder hinunter und schob mich an der halbverfallenen Mauer entlang. Ich steckte die Knarre tiefer in meinen Hosenbund und schlich vorwärts, setzte immer einen Fuß vor den anderen, ganz vorsichtig. Als ich an der Ecke angelangt war, schaute ich hinter das Haus und sah den Schuppen. Es war ein Gartenhäuschen aus Fertigteilen, eigentlich für Schrebergärten von Pensionisten gedacht. Er schimmerte schwach im Mondlicht. Aus dem Inneren war deutlich eine Stimme zu hören. Ich schlich näher ran.

„Na, alles in Ordnung, mein Täubchen?"

Zeus!

Ein metallisches Klirren, dann eine andere, höhere Stimme.

„Pass gefälligst auf, du Fettsack!"

Simone! Ich hatte sie gut vier Jahre nicht mehr gesehen, aber diese Stimme würde ich unter Tausenden wiedererkennen. Klang nicht, als ob sie freiwillig hier wäre. Aber immerhin lebte sie. Jetzt musste ich sie nur noch da rausholen. Kein Problem, wenn sich außerdem ein Riese in dem Schuppen befand, der gedroht hatte, mich zum Frühstück zu verputzen. Immerhin, es war fast Mitternacht; vielleicht hatte Zeus schon gegessen.

Ich schob mich leise an der Seitenwand des Schuppens nach vorn. Das ganze Ding war ungefähr fünf Meter lang. Ich fragte mich, ob Zeus hier auch wohnte oder nur seine Mädchen gefangen hielt. Verflucht! Mein Schienbein war gegen einen Ziegelhaufen gestoßen. Ich bückte mich und rieb die schmerzende Stelle. Tat verdammt weh. Dann atmete ich zweimal durch und zog die Knarre aus dem Hosenbund.

Ich stand vor dem Schuppen und spähte angestrengt durch den hellen Spalt zwischen Tür und Rahmen. Allerdings war er zu schmal, um etwas erkennen zu können. Na gut. Würde es eben eine Alles-oder-nichts-Aktion werden! Ich wartete, bis ich Zeus' Schritte am hinteren Teil des Schuppens hörte, atmete ein letztes Mal tief durch, spuckte auf den Boden und riss die Tür auf.

Zeus stand ungefähr vier Meter von mir entfernt und starrte mich mit einem amüsierten Gesichtsausdruck an. Die Knarre, die ich auf seinen blöden Schädel richtete, schien ihn nicht im Geringsten zu beeindrucken. Er steckte seine rechte Hand in die Außentasche seiner Tarnjacke und kam auf mich zu. Schlagartig verengte sich mein Gesichtsfeld zu einer Röhre, an deren einem Ende ich stand und am anderen Zeus, der sich bedrohlich auf mich zuschob. Plötzlich eine schnelle Bewegung, dann ein schmatzendes Geräusch, als Leder auf Stahl traf. Die Knarre fiel zu Boden. Zeus schwang kalt lächelnd seinen Totschläger, der die angstgeschwängerte Luft durchschnitt. Eine schöne Scheiße war das!

Ich blickte mich fieberhaft im Raum um. Da! Eine Bauarbeiterschaufel, zumindest der Stiel davon. Ich stürzte zur Seite, packte ihn, wog ihn in der Hand. Schwer. Ich sprang nach vorn und verpasste dem noch immer grinsenden Zeus einen Hieb auf den Hals. Eine seiner Goldketten platzte auf und glitt klirrend an seinem Körper entlang zu Boden, aber Zeus, der Blödmann, wackelte nicht mal mit den Ohren! Ich sah den Totschläger wieder auf mich zukommen, wich zur Seite und knallte Zeus den Stiel mit voller Wucht gegen das Schienbein. Das wirkte! Reflexartig schnellte sein Oberkörper nach vorn, und während Zeus noch sein Schienbein abtastete, ließ ich das Hartholzstück auf seinen Schädel niedersausen, dass es nur so eine Freude war! Ich hatte den Treffer, den er mir im Resselpark verpasst hatte, nicht vergessen. Mein Scheißohr tat immer noch verdammt weh. Es gab ein Geräusch von splitterndem Holz, Zeus ging in die Knie und fiel schließlich mit einem dumpfen Knall auf den Bauch. Der war

k. o., zumindest für eine Weile. Ich warf den Stiel zur Seite, hob die Knarre vom Boden auf und steckte sie wieder in den Hosenbund.

„Hast du zu viele *Conan*-Filme gesehen?“, fragte Simone. Ganz die alte.

Sie saß auf einem Feldbett, dessen Beine tief im Boden verankert waren, und grinste mich an. Lange, blonde Haare, dünner Körper. Ein erster Eindruck nach vier Jahren. Um ihren linken Fußknöchel wand sich eine eng anliegende Stahlmanschette, von der eine Kette zu einem ans Bett geschweißten Ring führte. Der zweite Eindruck: ihre grünen Scheinwerferaugen, die jetzt voll auf mich Hilflosen gerichtet waren.

„Ziemlich unpraktisch“, sagte sie und deutete auf die Kette. „Ich kann bis zum Kübel gehen, um zu pissen, aber weiter geht's nicht.“

Ich schaute mich im Schuppen um. Er hatte den Charme einer Bushaltestelle. Der Boden war teilweise mit einer dicken, silbrigen Plastikplane bedeckt. Links vom Eingang befand sich das Bett, rechts ein Regal, das bis oben hin mit Konserven gefüllt war. Daneben ein Gaskocher, Kartuschen und eine Kiste. Direkt neben dem Bett stand ein zugedeckter Kübel, von dem Fäkalgerüche herüberschwebten.

„Gibt es hier eine Zange oder einen Bolzenschneider?“, fragte ich.

Simone zuckte mit ihren hübschen, schimmernden Schultern.

„Keine Ahnung", sagte sie matt, „schau mal in der Kiste nach. Vielleicht findest du da etwas." Schon gut, so genau wollte ich es gar nicht wissen!

Ich kämmte alles durch. Förderte ein paar schwere Ketten, einen Vorschlaghammer, eine Packung Nägel, ein Hufeisen, einen Kinderkopf aus Messing und eine kleine Eisensäge zutage. Ein kurzer Blick zu Zeus: Er schien immer noch bewusstlos zu sein.

„Vielleicht geht's ja damit", sagte ich und zeigte ihr die Säge. Ich murkste eine Viertelstunde herum und hatte dann endlich das erste Glied an der Manschette durch.

„Du wirst dein schmuckes Fußband noch 'ne Weile tragen müssen", sagte ich.

„Okay", meinte Simone nur. Ich warf die Säge in eine Ecke und betrachtete Simone etwas genauer. Sie sah verdammt nach Junkie aus! Fettige Haare, dunkle Ringe unter den Augen und Einstichspuren in beiden Armbeugen. Allerdings war ihr Gesamteindruck immer noch ziemlich überwältigend.

Wenn man davon absah, dass sie auf H war.

„Hast du nichts anderes zum Anziehen?", fragte ich und setzte mich aufs Bett. Ganz wie zu Hause.

„Wieso, gefällt dir nicht, was ich anhabe?" Ihre Scheinwerfer waren auf Fernlicht geschaltet.

„Doch, schon", entgegnete ich, „aber ich dachte an Klamotten, die zusammengerechnet eine Fläche von mehr als drei Quadratzentimetern haben."

Simone zog ihr enges T-Shirt neckisch über den Bauchnabel hoch, bedachte mich mit einem zweideutigen Blick und steckte es dann in ihre Shorts.

Unter dem Feldbett sah ich eine Spritze; sie hatte sich im Laufe des Tages wohl schon einen Schuss gesetzt.

„Verdammt, Simone!“, fuhr ich sie an. „Wir haben jetzt keine Zeit für deine laszive Nummer! Wenn Zeus aufwacht und wir dann noch hier sind, können wir ’nen Organspenderausweis ausfüllen! Mach schon!“

Ich packte sie an der Hand und zerrte sie nach draußen. Das H machte sie träge wie einen Politiker nach der Wiederwahl. Ich schleifte sie über die Wiese zur Brettertür, während der Halbmond uns hinter einer einsamen Wolke wie ein defektes Zyklopenauge beobachtete. Ich drehte mich um: von Zeus keine Spur.

„Wieso machen wir es uns nicht ein bisschen gemütlich?“, fragte Simone und legte sich auf die Straße. „Komm schon, Jerry, wir haben uns viel zu lange nicht mehr gesehen.“

Zumindest wusste sie noch, wer ich war. Ich zerrte sie wieder hoch und legte mir ihren Arm um die Schulter. Plötzlich war hinter uns ein heftiges Poltern von der Stärke acht auf der nach oben offenen Richterskala zu hören, gleich darauf zerschnitt ein Taschenlampenstrahl das matte Grau um uns herum. Zeus war zu sich gekommen, und gleich würde er auch zu uns kommen!

Wir stolperten am Zaun entlang, hörten die Schritte von Zeus auf der anderen Seite. Offensichtlich hatte er die Tür noch nicht erreicht. Als wir fast beim Motorrad waren, sprang Zeus vom Zaun auf die Straße. Er wirkte zwar plump wie ein Bär, war aber schnell wie ein Fuchs. Ich stülpte Simone den Helm über, klappte die Fußraster für den Sozius aus und drehte den Zündschlüssel, den ich vorsorglich hatte stecken lassen.

„Du hältst dich an mir fest, verstanden? Egal, was passiert, du hältst dich an mir fest!“

Simone stieg auf und umklammerte mich von hinten. Angenehmes Gefühl. Wir schlingerten vom Bankett runter und preschten die Linzer Straße entlang. Hinter uns heulte der Motor des VW-Busses auf. Ich riskierte einen Blick in den Rückspiegel. Jetzt war Zeus' Wut an seinem Fahrstil deutlich zu erkennen. Er hatte das Fernlicht eingeschaltet und malträtierte das Getriebe, bis es aufheulte. Für einen kurzen Moment kam er uns gefährlich nahe, aber als ich die Kawa in den vierten Gang jagte, hatte Zeus mit seinem soliden deutschen VW-Bus keine Chance mehr.

Es herrschte so gut wie kein Verkehr. Wir preschten mit hundertvierzig Sachen die Hütteldorfer runter. Die Scheinwerfer von Zeus' Wagen waren längst aus meinem Rückspiegel verschwunden. Die duftende, weiche Mailuft flog uns um die Ohren wie Parfum, das in einem Windkanal ausgelaufen war. Plötzlich bekam mein linkes Auge Appetit auf Mücke und schnappte sich die erstbeste. Die Tränen quollen augenblicklich heraus und rannen mir die Wange entlang. Ich sah kaum noch etwas. Ich bremste und fuhr rechts ran. Simone richtete ihre Scheinwerfer volles Rohr auf mich.

„Ich brauch den Helm", sagte ich. „Meine Augen spielen Insektenvertilger."

Langsam und elegant zog sie den Helm vom Kopf. Schüttelte ihre langen blonden Haare. Schaltete um auf Fernlicht. Sie war ein Hammer!

„Bekomm ich nicht mal 'nen Begrüßungskuss?", schmollte sie. „Wir haben uns immerhin 'ne halbe Ewigkeit nicht mehr gesehen." Sie drückte mir den Helm in die Hand und beugte sich vor.

„Na, was ist? Schüchtern? Du doch nicht. Oder bist du entsetzt, dass ich ein Junkie bin? Gerüchten zufolge haben wir da ein gemeinsames Interesse." Sie sah mich fragend an.

„Nicht mehr", sagte ich schwach. „Das ist vorbei."

Ich hängte den Helm an den Spiegel, legte meine Arme auf ihre Schultern und drückte ihr einen Kuss auf den Mund. Sie roch nach süßem Schweiß. Es war wie immer.

„War das alles?", fragte sie. „Früher konntest du das um einiges besser." Sie saugte sich an meinen Lippen fest und schob mir die Zunge in den Mund. Ich zögerte eine Sekunde, dann drang alles auf einmal in mich ein, Nacht, dunkler Duft, Simones Scheinwerfer, und ich dachte, mein Gott, warum eigentlich nicht? Ich schob meine Hände unter ihr T-Shirt und strich über ihre kleinen, mit samtener Gänsehaut überzogenen Brüste. Simone machte gerade meinen Reißverschluss auf, als mir zwei starke Scheinwerfer ins Gesicht fuhren. Zeus!

Widerwillig riss ich mich von Simone los, drehte mich um und startete die Maschine. Der Motor gab ein kurzes Röcheln von sich und starb ab. Verdammt! Ich bückte mich und schaute nach, ob der Benzinhahn offen war: natürlich, und zwar schon die ganze Zeit. Kein Wunder, dass der Motor absoff. Verdammter Mist!

„Den Helm!", rief Simone. „Gib mir den Helm!"

„Vergiss den Helm! Wenn der Scheißbock nicht anspringt, brauchen wir keinen Helm, sondern 'nen Sarg!"

„Du verdammter Idiot!"

Sie riss den Helm vom Spiegel, sprang vom Motorrad, schwenkte ihren Arm wie eine Hammerwerferin und schleuderte den Helm auf den entgegenkommenden Bus zu. Es gab ein kurzes, hässliches Knacken, als sich das Sicherheitsglas der Windschutzscheibe in tausend Partikel auflöste. Der Bus kam mit einem Quietschen zum Stehen; ein kleines Bäumchen als Galionsfigur.

Ich fummelte hektisch an den Zündkerzen herum, startete wieder und wieder, und schließlich sprang die Mühle an. Simone schnappte sich den abgeprallten Helm von der Straße, schwang sich auf den Soziussitz und hielt sich an mir fest. Wieder das angenehme Gefühl.

Wir düsten los. Das Vorderrad bäumte sich auf. „Cool!", schrie Simone. Hielt das Ganze wohl für eine einstudierte Show.

♦ ♦ ♦

Als wir vor dem Hotel *Drei Kronen* in der Schleifmühlgasse hielten, war es fast halb eins. Ich stellte das Motorrad auf dem Gehsteig ab. Scheiß auf die Fußgänger. Wir betraten die Lobby. Orangebraune Tapeten wetteiferten mit kitschigen Werbeplakaten des Tourismusverbandes um den Geschmacklosigkeitspokal. Die Portiersloge war verwaist. Ich nahm Simone an der Hand. Gemeinsam gingen wir in den zweiten Stock hinauf.

Ich klopfte an die Tür mit der Nummer siebenundzwanzig und trat ein. Ich hatte Simone nicht gesagt, wessen Zimmer wir betraten, und sie hatte nicht gefragt.

„Paul?", fragte ich. „Wo steckst du?"

Ich ging ins Badezimmer und auf den Balkon. Von Paul keine Spur. Was für ein Herzchen.

Simone setzte sich aufs Bett, gähnte und fragte: „Von was für einem Paul faselst du die ganze Zeit?"

Ich war erschöpft und hatte keine Lust auf Erklärungen. „Ich erzähl dir alles später, okay? Ich bin müde." Ich setzte mich neben Simone aufs Bett und lehnte mich mit dem Rücken an die Wand.

„Zu müde für alles?", fragte Simone mit neckischem Grinsen.

Kam jetzt wieder die laszive Nummer?

„Gefall ich dir noch?" Sie zog ihr enges T-Shirt aus und entblößte ihre kleinen, straffen Brüste. Die Nummer kam!

Simone glitt mit einer langsamen, fließenden Bewegung aus ihren Shorts. Sie trug keine Unterwäsche. Ihre rotblonden Schamhaare schimmerten verlockend im grellen Licht der schäbigen Deckenlampe. Sie rückte ganz nah an mich heran und fuhr mir mit seidigen Fingerspitzen übers Kinn.

„Hast du dich heute rasiert?“, fragte sie.

Ich nickte.

„Gut. Ich möchte nämlich nicht, dass deine Bartstoppeln meine Schenkel aufreiben.“

Ich war ein paar Sekunden verwirrt, dann kapierte ich. Ich schob Simones Oberkörper nach hinten, bis sie flach auf dem Rücken lag. Sie spreizte ihre Beine. Ihre Möse sah aus wie ein angeschnittener Pfirsich.

Ich überlegte kurz, dann biss ich zu.

Ich mag Obst.

♦ ♦ ♦

Ein Uhr neunzehn. Simone und ich lagen nebeneinander, von einer dünnen Schweißschicht bedeckt. Ich fuhr mir mit der Hand übers Gesicht. Sie roch nach Gummi und Chemikalien. Ich fragte mich, wann ein spermaabtötendes Mittel erfunden würde, das halbwegs erträglich duftete. Simone strich sich die Haare aus den Augen und gab mir einen Kuss auf die Nasenspitze. Dann steckte sie mir die Zunge ins Ohr.

„Klingt gut“, sagte ich, „mach weiter.“

Abrupt drehte sie sich weg.

„Hast du vielleicht ’ne Zigarette?“, fragte sie brüchig.

„Ich rauch nicht mehr. Tut mir leid.“ Ich hob entschuldigend die Schultern.

„Verdammt!“

Ich streichelte ihren Unterarm. Ihr Kinn zitterte.

„Ist dir kalt?“

„Geht so. Könnte wärmer sein.“ Das Zittern nahm zu, breitete sich auf ihren gesamten Körper aus. Plötzlich wurde mir alles klar!

„Ich brauch unbedingt ’nen Schuss, sofort!“, keuchte sie, bevor ich sie fragen konnte. Sie sah mich mit ihren Scheinwerferaugen an, inzwischen auf Abblendlicht gestellt. Ihre Lider flackerten.

„Ich hab nichts bei mir. Ich rühr das Zeug schon lange nicht mehr an.“ Ich hörte mich diesen Spruch aufsagen und dachte: Verdammt, was redest du für einen Dreck daher! Um dich geht es im Moment gar nicht!

„Bitte“, flüsterte sie. „Ich halt’s nicht mehr lange ohne Stoff aus.“

„Okay.“ Ich rollte mich von ihr weg und griff zum Telefon. Der Doc war wider Erwarten zu Hause und nahm beim dritten Läuten ab. Er klang nicht sonderlich erstaunt, dass ich dringend etwas H brauchte. Als ich ihm erklärte, es sei nicht für mich, lachte er und meinte, das erzählten ihm alle, wenn sie wieder anfingen. Ich stoppte seinen Redefluss und machte ein Treffen bei *Köstli* aus. In einer Viertelstunde.

„Bin gleich wieder da", sagte ich zu Simone. Ich zog ihr die Decke über die Schultern und drückte ihr einen Kuss auf die Wange. Dann streifte ich den glibbrigen Gummi ab, knotete ihn zu und warf ihn in den Aschenbecher. Ich schlüpfte in meine Klamotten, schnappte den Helm, warf die Knarre unters Bett und rannte runter zum Motorrad. Ich riss den angepickten Strafzettel vom Scheinwerfer und startete die Mühle.

Vom Hotel war es nicht weit zum Karlsplatz. Nach drei Minuten Rasen durch die engen Straßen stellte ich den Bock auf der Wiedner Hauptstraße ab, vergewisserte mich kurz, dass Zeus nicht in der Nähe lauerte, und rannte runter zum *Köstli*.

Der Doc wartete schon, wie immer mit einem Berg fettstrotzender Unappetitlichkeiten vor sich. Er wirkte fehl am Platze in seinem eleganten schwarzen Zweireiher mit Nadelstreifen. Seine grellrote Krawatte grinste mir entgegen wie eine rohe Kuhzunge.

„Ich hätte dich für stärker gehalten", sagte er als Begrüßung.

„Ich hab dir doch gesagt, dass das Zeug nicht für mich ist", erwiderte ich genervt und setzte mich neben ihn.

„Nein, natürlich nicht", sagte er in übertriebenem Tonfall.

„Ich hab keine Zeit für lange Erklärungen. Ich brauch den Stoff, und zwar jetzt gleich!"

Ich schlug mit beiden Händen auf die Tischplatte. Der Doc verschluckte sich an seiner Cola.

„Immer mit der Ruhe, Mann. Du solltest es wirklich mal mit Meditation versuchen."

Er fasste in die Innentasche seines Nobelzwirns und drückte mir ein Papierbriefchen in die Hand.

Ich kannte die Größe. Es enthielt ein halbes Gramm. Genug für den Moment.

„Wie viel?", fragte ich.

„Weil du's bist, fünfhundert. Einmaliger Freundschaftspreis."

Verdammter Lügner! Einmaliger Einführungspreis, bis man wieder an der Nadel hing! Ich schob ihm fünf Hunderter von Pauls zehn Riesen über den Tisch.

„Danke, Doc. Ich würde gern noch mit dir plaudern, aber ich hab's wirklich verdammt eilig." Ich steckte das Briefchen ein und stand auf.

„Ist schon okay. Mich rufen auch bald wieder die Geschäfte. Du weißt ja, Kunden, Könige und so weiter. Ach übrigens, lebt mein Motorrad noch?"

„Ja, die Mühle ist in Ordnung, keine Sorge."

Ich rannte zurück zur Maschine, war unter Missachtung sämtlicher Straßenverkehrsverordnungen in zwei Minuten wieder beim Hotel, sprintete in den zweiten Stock hoch und riss die Tür auf.

Paul saß auf dem Bett.

Simone war weg.

7

Es machte ein helles, scharfes *Plopp!*, als meine Fingerknöchel an Pauls Nase abglitten; ungefähr so wie beim Öffnen einer Bierdose. Zwei Sekunden später quoll Blut in einem stetig pulsierenden, dünnen Rinnsal auf Pauls weißes Hemd. Es erinnerte mich an Menstruationsblut auf einem jungfräulich weißen Leintuch.

Alles hatte sich innerhalb weniger Sekundenbruchteile abgespielt: die offene Tür, Simone weg, Paul auf dem Bett mit einem Gesichtsausdruck wie ein Mieter, der zum ersten Mal das Kleingedruckte liest. All diese Bildausschnitte komprimierten sich blitzschnell zu einem Gesamteindruck, nämlich dass irgendetwas hier verdammt faul war und Paul der Bauer, dem dieser Misthaufen gehörte.

Ich setzte mich auf Pauls Bett, dessen Matratze immer noch zu weich war, und warf einen Blick auf das angebissene Schinkenbrötchen, das auf dem Nachttisch lag. Sah nicht sehr appetitlich aus, also griff ich nach der halbvollen Bierflasche, die sich daneben langweilte, und raubte ihr den Inhalt.

„Hat's weh getan?", fragte ich. Paul rappelte sich mühsam vom Boden hoch.

„Geht so", meinte er.

Geht so war nicht genug. Ich lass mich nicht gern verarschen. Ich stand auf und verpasste ihm eine schallende

Ohrfeige, die wahrscheinlich noch am Donaukanal Anzeigen wegen Lärmbelästigung nach sich zog.

„Geht's immer noch so, mein Herzchen?“, knurrte ich. „Und jetzt schön der Reihe nach. Erstens, wo zur Hölle bist du gewesen, nachdem ich dir mit einem Steinmeißel ins Hirn gehämmert habe, dass du auf deinem Zimmer bleiben sollst? Zweitens, was hast du in der kurzen Zeit, in der ich weg war, angestellt? Und drittens, wo ist Simone, verdammte Pest!?“ Ich gebe zu, das waren ziemlich viele Fragen auf einmal, noch dazu wenn derjenige, der sie beantworten sollte, mit blutender Nase und geschwollener Wange auf dem Boden lag und den Kakerlaken Geschichten aus dem Bankeralltag erzählte. Aber ich war ebenso neugierig wie wütend.

Paul hielt sich mit der einen Hand die Nase zu und versuchte zu verhindern, dass sein Blut dem Teppichboden zu einer neuen Farbe verhalf, und rieb sich mit der anderen so zärtlich die Wange, wie es auch Spitzenfrauen nur in ganz seltenen Momenten hinkriegen. Dann hob er den Kopf und öffnete den Mund: „Dasch …“ plumpste in den Raum.

„Nimm gefälligst deine Flossen vom Gesicht, wenn du mit mir redest! Also, ich bin ganz Ohr.“ Ich zeigte auf das von Zeus verschonte Hörorgan und lehnte mich neben Paul an die Wand. Es war ein gutes Gefühl, auf ihn hinunterzusehen.

„Ich hatte wirklich einen unglaublichen Hunger“, jammerte er. „Und da es hier keinen Zimmerservice gibt, dachte ich, ich lauf schnell runter zum Café an der Ecke und hol mir ein Sandwich und ein Bier." Er sah mich verständnisheischend an.

„Nur schnell runterlaufen? Hör auf, mir was vorzulügen! Ich war 'ne knappe Stunde hier drin, ohne auch nur die Spitze deiner Krawatte zu sehen!"

„Sie haben Kabelfernsehen im Café, weißt du, und ich hab ein Weilchen die Börsenkurse auf CNN verfolgt. Tut mir leid."

Wunderbar. Ich riss mir den Arsch auf, um Simone aus den Fängen eines Psychopathen zu befreien, und Paul schaffte es in wenigen Minuten, sie wieder zu vergraulen!

„Und, weiter?", drängte ich. „Wieso ist Simone nicht mehr hier? Lass dir nicht alles aus der Nase ziehen, sonst knall ich dir noch eine drauf!" Ich stieß mich von der Wand ab und tigerte im Zimmer umher. Fünf Schritte vor, fünf zurück. So musste sich ein Raubtier im Käfig fühlen.

„Sie hatte Angst vor mir. Sie dachte, ich wolle ihr was tun." Wieder seine verdammte Flüsternummer.

„Angst, vor dir? Jetzt hör aber auf mit diesen Sprüchen! Du musst 'ne Unfallversicherung abschließen, bevor du einen Schachcomputer einschaltest! Wieso zur Hölle sollte sie Angst vor dir haben?"

Er rappelte sich vom Boden hoch und schleifte seinen Körper ins Bad. Ich hörte Wasser rauschen. Dann kam er wieder ins Zimmer, mit sauberem und geschwollenem Gesicht, ein nasses Handtuch mit drei eingestickten goldenen Kronen im Nacken. Er sah mich an. Seine Augen wirkten ungewöhnlich hart.

„Es ging um die Fotos“, fing er an und befummelte die leere Bierflasche. „Als ich dir erzählt habe, dass Simone verschwunden ist und einen Teil des Geldes mitgenommen hat, habe ich dir etwas verschwiegen. Sie hat auch ein paar Bilder und Negative mitgehen lassen.“ Er schluckte. „Privataufnahmen.“

Er setzte sich aufs Bett und verknotete seine Finger in die geblümte Decke, die wahrscheinlich immer noch nach Simones Schweiß duftete.

„Was meinst du mit Privataufnahmen?“ Natürlich wusste ich, was er meinte, aber ich wollte ihm diese Peinlichkeit nicht ersparen.

„Nacktfotos von Simone, mir und einer, äh, gemeinsamen Bekannten.“ Er wurde noch eine Spur leiser, falls das möglich war. Sogar das Knistern einer brennenden Zigarette hätte seine Worte übertönt.

„Du dachtest, sie hat sie mitgenommen, weil sie dich damit erpressen will.“

Paul zuckte linkisch mit den Schultern.

„Und, wollte sie?“

„Das weiß ich nicht“, sagte Paul. Er wirkte plötzlich ruhig und souverän, als ob er die Situation im Griff hätte.

„Was heißt, das weißt du nicht? Du hast Simone doch sicher darauf angesprochen, als du sie völlig fertig hier im Bett gefunden hast." Ich hatte plötzlich Hunger. Ich schnappte mir das Brötchen und biss hinein; was soll's.

„Sie sagte, sie habe die Bilder und die Negative verbrannt. Habe sie nur mitgenommen, um mir einen Schrecken einzujagen."

Plötzlicher Gedankenblitz.

„Was ist mit dem Brief, den ich Simone geben sollte? Nein, lass mich raten. Da steht drin, dass du ihr eine nette Summe für die Fotos und die Negative zahlst, richtig?"

„Ja", sagte Paul nur und schaute mir direkt in die Augen.

„Und wenn sie auf den Deal nicht eingegangen wäre?"

„Es gibt auch andere Methoden als Geld", sagte er kalt.

„Und die hast du wohl eben angewandt, was?"

Ich stopfte mir den Rest des Brötchens in den Mund.

„Ich habe mich mit Simone sehr … intensiv unterhalten", sagte Paul. „Ich musste sichergehen, dass sie mich nicht angelogen hat und die Fotos und die Negative auch wirklich vernichtet sind, verstehst du?"

„Und, hast du ihr geglaubt?"

Er nickte. „Am Schluss unseres … Gespräches wusste ich, dass sie die Wahrheit gesagt hat". Ein gemeines, selbstzufriedenes Lächeln stahl sich auf seine Lippen.

„Du hast ihr so zugesetzt, dass sie abgehauen ist!“, sagte ich aufgebracht.

„Die taucht schon wieder auf“, sagte Paul. „Ganz sicher. Außerdem ist die Geschichte für mich erledigt.“

„Sicher!“, schrie ich. „So sicher wie ein deutsches Asylantenheim! Und für mich ist die Geschichte noch nicht erledigt, mein Herzchen!“

Paul ging zum Fenster und machte es auf. Autolärm drang ins Zimmer.

„Bedeutet sie dir denn gar nichts?“, fragte ich.

Paul drehte sich langsam um und grinste mich überheblich an. „Spinnst du? Eine Schlampe wie Simone?“

Ich machte einen schnellen Schritt nach vorn und knallte ihm meinen Stiefel in die Eier. Er lag praktisch in derselben Sekunde auf dem Boden.

„Verschwinde“, keuchte ich. „Pack dein Zeug und hau ab. Um vier Uhr fährt ein Zug nach Innsbruck. Wär besser für dich, wenn du den nimmst. Und ich spreche von vier Uhr in der Früh!“

Paul wand sich auf dem blutigen Teppich und hielt sich die Eier.

„Weißt du“, sagte ich, „irgendwie bewundere ich dich fast. Ich dachte immer, du bist ein Versager auf der ganzen Linie. Aber als Arschloch, da bist du wirklich ’ne ganz große Nummer.“

Ich verpasste ihm noch einen Tritt in den Magen, für die Reise, knallte die Tür hinter mir zu und raste mit Docs Motorrad nach Hause. Dieses Schwein! Hatte mich die ganze Zeit über belogen und ausgenutzt.

Hatte nur Angst um seine mickrige Karriere in einer Provinzbank gehabt. Dass Simone im Schlamassel steckte, interessierte ihn einen Dreck. Die belastenden Fotos existierten nicht mehr, also war der Fall für ihn erledigt. Was für ein Herzchen.

Ich baute mir einen Joint, um mich etwas zu beruhigen, warf mich aufs Bett und hörte mir *Repeater* von Fugazi an.

Ich lag lange wach in dieser Nacht.

8

Die Regentropfen klatschten auf das Visier meines Helms wie gefärbte Meteoritensplitter. Ich drehte mich ein letztes Mal zur neonschimmernden Fassade des *American Gigolo Club* um, startete das Motorrad und fuhr durch den prasselnden Regen nach Hause. Wieder Fehlanzeige. Auch mein letzter Strohhalm hatte sich als Niete erwiesen. Die letzten paar Tage hatte ich nichts anderes getan, als mit Docs Motorrad durch die Gegend zu düsen, um irgendeine Spur von Simone zu finden. Ich klapperte systematisch alle Puffs, Peepshows und Go-go-Bars ab, ohne den geringsten Hinweis auf Simone zu erhaschen. Niemand hatte sie gesehen. Auch Freddy und Zeus schienen wie vom Erdboden verschluckt. Ich fuhr jeden Tag zum Resselpark, aber die Penner und Junkies schüttelten nur den Kopf, wenn ich sie nach Zeus fragte; der sei in letzter Zeit nicht hier gewesen.

Ich hatte es auch in Zeus' Schuppen draußen in Hütteldorf versucht. Ich parkte die Maschine vor der Brettertür, nahm die Knarre in die Hand und schaute mich auf dem Grundstück um. Die Sandlervilla sah bei Tageslicht noch verfallener aus, als sie bei Dunkelheit gewirkt hatte. Die Filmkulisse über die Bombardierung Dresdens war ein Dreck dagegen. Außer ein paar Ratten, die sich zwischen verwesendem Müll amüsierten, war niemand zu sehen. Ich ging hinter die Ruine zum

Schuppen, brach mit dem Pistolengriff das Schloss auf und warf einen Blick ins Innere. Soweit ich feststellen konnte, hatte sich nichts geändert. Bett, Konserven, Plastikkübel, Kiste. Kein Zeus. Und keine Simone.

Ich parkte die Maschine vor dem Haus, nahm den Helm ab und streckte mein Gesicht den herabperlenden Tropfen entgegen. Ich bildete mir ein, das Wasser würde meine Probleme wegspülen, aber Fantasie war noch nie meine Stärke gewesen. Ich stieg ab, strich mir die feuchten Haare aus dem Gesicht und hängte den Helm in meine Ellbogenbeuge. Ich schloss die Haustür auf, schaute in den Briefkasten – leer – und ging die Treppe hoch. Es war drei Uhr früh. Die Knarre in meiner Jackentasche schlenkerte bei jedem Schritt gegen meinen Hüftknochen.

Als ich die Wohnungstür aufsperren wollte, bemerkte ich, dass jemand am Schloss herumgemurkst hatte. Die Kratzspuren waren nicht zu übersehen. Ich ließ den Helm vorsichtig zu Boden gleiten und drückte die Klinke. Mit einem leisen Knarren schwang die Tür nach innen. Ich holte die Pistole aus der Jacke und schlich zur Zimmertür. Sie war nur angelehnt. Ich atmete zweimal tief durch, schnellte dann hoch, knallte meine linke Hand auf den Lichtschalter und richtete gleichzeitig die Knarre nach vorn. Kein Geräusch. Keine Bewegung. Nichts. Ich blickte mich rasch im Zimmer um, entdeckte nichts Verdächtiges. Dann sah ich es. Irgendetwas, oder irgendjemand, lag auf dem Bett, von der Decke verborgen. Ich umkrampfte den Griff der Knarre mit schweißnassen Fingern und näherte mich dem Fußende des Bettes. Noch immer keine Bewegung und kein Geräusch. Ich beugte mich nach vorn und riss die Decke zur Seite. Ich starrte ungefähr zwei Sekunden lang hin. Dann sicherte ich die Knarre und steckte sie in den Hosenbund. Ich brauchte sie im Augenblick nicht. Ich deckte Simone wieder zu. Sie war tot.

Ich hatte mich immer für ziemlich hart und abgebrüht gehalten. Für jemanden, der nicht leicht zu beeindrucken war. Aber als ich Simone so daliegen sah, führte mein erster Gang zum Waschbecken, wo ich ausgiebig kotzte. Ich hatte schon länger nichts gegessen, deshalb würgte ich nur grünlichen Schleim hoch, der von meinem Kinn ins Waschbecken tropfte. Der Geschmack in meinem Mund war ekelhaft.

Ich klatschte mir kaltes Wasser ins Gesicht, ging zum Kühlschrank und holte mein letztes Wieselburger raus. Öffnete die Flasche, indem ich sie gegen die Kante des Waschbeckens knallte. Porzellan splitterte. Scheiß drauf! Ich leerte die Flasche in einem Zug zur Hälfte. Das kalte Bier betäubte meinen Gaumen. Langsam wich der eklige Geschmack aus meinem Mund. Mit der Flasche in der Hand ging ich zurück ins Zimmer. Ich zog einen Stuhl heran, stellte ihn neben das Bett und schlug die Decke zurück. Dann setzte ich mich und betrachtete Simones leblosen Körper. Sie trug immer noch ihre engen Shorts und das knappsitzende T-Shirt. Es war über ihren Bauchnabel hochgerutscht. Ihr blondes Haar fiel in Strähnen über ihre linke Gesichtshälfte, die der Decke zugewandt war. Das matte Licht der nackten Glühbirne brach sich in ihren toten Augen. Ohne diese Augen hätte sie ausgesehen wie ein träumender Engel.

Ich erinnerte mich, wie wir uns heimlich in der Wohnung von Simones älterer Schwester getroffen hatten, damals, als wir noch zur Schule gegangen waren. Wir verbrachten ganze Nachmittage im Bett, zugeraucht von erstklassigem Gras, und verhalfen diversen Kondomherstellern zu einem kräftigen Umsatzplus. Und jetzt lag Simone da. Tot und starr und kalt.

Ich stand auf und schleuderte die Bierflasche mit voller Wucht gegen die Wand. Sie zerplatzte in tausend Teile und ließ einen biergetränkten Scherbenregen entstehen, der unter meinen Schuhsohlen schmierig quietschte. Ich fühlte mich kein bisschen besser. Verdammt! Ich besah mir Simones Körper ein wenig genauer. Sie hatte blaue Striemen an Hand- und Fußgelenken, die leicht angeschwollen waren. Sie war offensichtlich gefesselt worden. Ich hob ihren linken Arm und warf einen Blick in die Ellbogenbeuge. Ein dunkelblauer Bluterguss zeichnete sich auf der ansonsten blassen Haut ab. Der Einstich in der Mitte war noch gut zu erkennen. Er sah frisch und stümperhaft aus, so als hätte jemand mit roher Gewalt versucht, eine Nadel in die Vene zu stoßen. Kein Junkie würde so an sich herumpfuschen. Simone war ermordet worden.

Mir fiel das Briefchen mit H ein, das ich vom Doc für sie gekauft hatte. Es steckte immer noch in der Innentasche meiner Jacke. Ich holte es heraus, öffnete es. Betrachtete das beige Pulver, das so lange mein bester Freund gewesen war. Betrachtete Simone. Fragte mich, ob ich noch irgendwo eine Spritze in der Wohnung hatte. Nur ein Schuss, ein einziger kleiner Schuss. Süßes Vergessen für ein paar Stunden. Meine Hände zitterten, jede Zelle meines Körpers glühte vor Verlangen.

Ich durchwühlte Schubladen, Kästen, Kartons. Keine Spritze.

Ich hielt inne. Betrachtete erneut das H, dann wieder Simone. Fasste einen Entschluss. Marschierte in den Vorraum und spülte den Stoff im Waschbecken hinunter. Warf einen Blick auf meine Hände: Das Zittern hatte nachgelassen.

Ich ging zurück ins Zimmer und legte eine CD in die Anlage. Henry Rollins sang, dass er mit einer geladenen Knarre unterwegs sei. Die schwere Musik rollte durch den Raum wie eine Flutwelle und fraß sich in meinem Gehirn fest. Ich ging rüber zum Bett, um die Decke über Simones Körper zu ziehen, und wieder blieben meine Augen an ihm kleben. Er war dünn, verdammt dünn, und weiß. Vierundzwanzig Jahre alt, und tot. Zwei Fakten, die einander eigentlich ausschließen sollten.

Als ich sie auf den Rücken drehte, entdeckte ich den Blutfleck auf dem Leintuch. Das erste Glied ihres rechten Mittelfingers fehlte. Es war sauber und glatt abgetrennt;

sah nach einem Bolzenschneider aus. Ein protziger Goldring war über den Stummel geschoben, vom herabgeronnenen Blut dunkelrot verkrustet. Zeus' Werk.

Ich zog die Decke über Simones Kopf, griff zum Telefonhörer und wählte Docs Nummer. Obwohl es Viertel nach drei in der Nacht war, nahm er beim zweiten Läuten ab.

„Ja?"

„Ich bin's, Jerry."

„Du suchst dir wirklich immer exquisite Zeiten für deine Anrufe aus, Mann." Er sagte das ganz beiläufig, ohne eine Spur Verärgerung. Er arbeitete fast immer.

„Du musst mir 'nen Gefallen tun, Doc", sagte ich gepresst. „'nen großen."

Er wurde sofort ernst. „Schieß los!"

„Ich hab 'ne Leiche in meiner Bude."

„Falls das ein Scherz sein soll, kann ich nicht drüber lachen."

„Verdammt, Doc, halt deine Klappe und lass mich ausreden", sagte ich wütend. „Das ist kein Scherz! Hier liegt wirklich 'ne Tote, und die ist so kalt wie das Herz eines Abschiebungsbeamten. Sie muss sofort von hier verschwinden."

Ich versuchte, langsam und gleichmäßig zu atmen. Ohne Erfolg.

„Verfluchte Scheiße", sagte der Doc.

„Kannst du laut sagen. Hör zu, ich erzähl dir die Einzelheiten später. Ich hab noch etwas Wichtiges zu erledigen.“ Meine Stimme lag bei minus hundertneunzehn Grad. „Etwas sehr Wichtiges!“

„Okay“, sagte der Doc. „Was soll ich tun?“

„Bring sie irgendwo hin. Vielleicht auf einen Friedhof. Versteck sie, damit man sie nicht gleich findet. Würdest du das für mich erledigen?“ Mehrere Sekunden war nur der leise, regelmäßige Atem vom Doc zu hören.

„Okay“, meinte er schließlich. „Aber dann schuldest du mir einen riesigen Gefallen.“

„Alles, was du willst. Ich lass die Tür offen. Hol sie, so schnell du kannst. Vielleicht nimmst du eine Decke mit oder eine Plane. Damit kannst du sie einwickeln, wie in diesen Filmen. Und beeil dich. Ich möchte nicht, dass eine schlaflose Nachbarin auf die Idee kommt, mich zu Kaffee und Kuchen einzuladen.“

„Ich bin in zehn Minuten bei dir. Keine Sorge, ich kümmere mich um alles.“

Ich legte auf und kramte mein Speed aus der Nachttischschublade. Es war Samstag, halb vier am Morgen. Zeus würde wahrscheinlich erst im Laufe des Abends beim Resselpark auftauchen. Aber ich wollte auf Nummer Sicher gehen. Ich legte zwei bleistiftdicke Lines, zog beide rauf und steckte den Rest des Speeds ein. Dann streifte ich meine Lederjacke über, vergewisserte mich, dass die Knarre geladen war, schnappte den Helm und ging runter zum Motorrad. Ich öffnete den Tankdeckel und stellte fest, dass ich noch genug Benzin hatte. Genug Benzin und genug Zeit, um den letzten Akt vorzubereiten.

9

Ich fuhr ungefähr eineinhalb Stunden in der Gegend herum. Der Regen hatte die ganze Zeit über angehalten, und meine Jeans fühlten sich an wie abgewinkelte Metallröhren, die meine Beine hauteng umschlossen. Kurz vor fünf stellte ich das Motorrad auf den Parkplatz bei der U-Bahn-Station Kettenbrückengasse. Einige Zeit tigerte ich unruhig zwischen den Obstständen umher, die gerade aufgebaut wurden, dann überquerte ich die Straße und schlängelte mich zwischen Grüppchen von Frühaufstehern hindurch, die mit Regenmänteln und Taschenlampen bewaffnet die Haufen von alten Kleidern und Kisten mit Ramsch aller Art durchsuchten. Ich schlug den Kragen meiner feuchten Jacke hoch und vergrub meine Hände tief in den Taschen. Die Pistole in meinem Hosenbund drückte schmerzhaft gegen mein Rückgrat. Es war ein beruhigender Schmerz.

Langsam wurde es hell. Ein schmutziggrauer Lichtstreifen erschien am Horizont und tauchte die Szenerie in ein unwirkliches Zwielicht, das alle Konturen verwischte und Menschen und Stände zu undeutlichen Schemen verzerrte. Ich war durchnässt und fror wie ein Hund, doch das Speed linderte meine Symptome zu einem kaum wahrnehmbaren, unangenehmen Gefühl, das sich nur in einer gewissen Nervosität und Unruhe bemerkbar machte. Als ich innerhalb von zehn Minuten zum dritten Mal an einem arabisch aussehenden Jungen vorbeikam, der auf einer Plastikplane geschmuggelte Zigaretten und grellbunte Plastikfeuerzeuge feilbot, warf ich meine guten Vorsätze über Bord und ließ mir zwei Schachteln President und ein Feuerzeug geben, was mich fünfzig Schilling ärmer machte. Die Schachteln waren mit der Fahne der Vereinigten Staaten von Amerika bedruckt und erinnerten mich an die Kaugummi- und Schokoladezigaretten, die ich als Kind protzig mit mir herumgetragen hatte.

Ich verstaute eine Packung in der Innentasche meiner Jacke, riss die andere auf und steckte mir eine nach dunklem Tabak duftende Kippe in den Mund. Der erste Zug brachte mich zum Husten und trieb mir die Tränen in die Augen, doch nach drei oder vier Zügen hatte sich meine Lunge an den Rauch gewöhnt, und ich fraß gierig den blauen Dunst in mich hinein.

Ich marschierte hinüber zum Café *Brauneis,* das an Samstagen, wenn Flohmarkt war, immer schon gegen fünf in der Früh öffnete. Ich setzte mich ganz nach hinten, in die Ecke, und mir war, als würde mich der düstere Raum verschlucken. Ich steckte mir eine frische Zigarette an und blies den Rauch zur Decke. Der Kellner, verschlafen und unrasiert, erklärte, die Kaffeemaschine sei defekt, und riet mir zu einem Bier. Ich bestellte ein Großes und lehnte mich in der ausgeleierten Couch zurück. Nach und nach füllte sich der Laden, und der Geruch von Haschisch mischte sich mit dem von Bier und billigem Parfum. Ich schaute auf die Uhr über der

Tür; Viertel nach sechs. Noch gut zwölf Stunden Zeit. Zwölf Stunden, in denen ich nichts tun konnte außer warten und hoffen, dass Zeus am Abend im Resselpark auftauchte.

Ab und zu ging ich aufs Klo, um zu pissen und um mir noch eine Line zu genehmigen. Ich wollte fit bleiben bis zum Abend. Ich unterhielt mich mit einem Goldschmied, der mir einige seiner Schmuckstücke zeigte, die er in einer abgewetzten Ledertasche bei sich trug, flirtete halbherzig mit einer Brünetten, die ihr schreiendes Kind zu beruhigen versuchte, und hörte den fertigen Typen zu, die die ewiggleichen Geschichten vom Coup ihres Lebens erzählten. Um sechs Uhr abends hielt ich es nicht mehr aus. Alles in mir kribbelte. Ich stand auf, bezahlte meine Biere, stieg aufs Motorrad und fuhr zum Karlsplatz. Ich stellte die Maschine auf der Wiedner Hauptstraße ab, schaute mich kurz nach Zeus' Bus um – nichts – und trabte runter zum Park.

Es hatte aufgehört zu regnen. Ein paar Penner und Junkies kauerten auf den feuchten Bänken und blinzelten in die zaghafte Sonne. Ich suchte mir eine abseits gelegene Bank, setzte mich und wartete.

Die Stunden krochen vorüber. Irgendwann schickte die untergehende Sonne ein grünliches Flackern in den Himmel, bevor sie hinter den Wolken verschwand. Mein Blick verlor sich am Horizont.

Ich riss die zweite Schachtel President auf, als Zeus den Weg heruntergestapft kam. Er trug eine Hose im

Wüstentarnlook, glänzende schwarze Springerstiefel und einen gefleckten grünen Parka, der ihm fast bis zu den Knien reichte. Ich verstaute die Zigarettenschachtel in meiner Jacke und stand betont langsam auf. Zeus bemerkte mich erst, als er seinen Seesack öffnete und anfing, sein Zeug zu verteilen. Ich holte die Knarre aus der Jackentasche und richtete sie auf ihn. Zeus ließ den Seesack fallen und rannte hoch zur Straße. Ich steckte die Knarre wieder ein und folgte ihm. Zeus lief zu seinem Bus, dessen Vorderseite eingedrückt war, riss die Tür auf und ließ sich hinters Steuer fallen. Mit krachender Kupplung schoss er an einer entgegenkommenden Straßenbahn vorbei und verschwand Richtung Oper. Ich hatte keine Eile, denn ich war mir ziemlich sicher, wo er hinwollte. Die Sandlervilla und der Schuppen waren sein Territorium. Dort glaubte er sich im Vorteil. Ein Fehler.

Wie beim ersten Mal hatte ich auch diesmal keine Schwierigkeiten, Zeus zu folgen. Er war ein miserabler Fahrer. Schaltete zu spät in die hohen Gänge und bremste zu oft und zu ruckartig. Ich glitt hinter ihm her wie ein bedrohlicher Schatten. Wie erwartet, fuhren wir über den Opernring und die Babenbergerstraße zum Mariahilfer Gürtel und nahmen von da den Weg über die Felber- und Linzer Straße hinaus nach Hütteldorf.

Als wir an der Endstation der Linie 49 angekommen waren, bog Zeus ab und bretterte die schmale Straße hoch, bis er seinen Bus mit einem Quietschen neben dem Zaun zum Stehen brachte, der das Grundstück der Sandlervilla umschloss. Er stieg aus und kletterte über die Latten. Ich folgte ihm die Straße hoch, stellte das Motorrad neben dem Zaun ab und schlüpfte durch die Tür. Ringsum herrschte völlige Dunkelheit. Das feuchte Gras verursachte schmierige Geräusche, wenn es von meinen Schuhsohlen plattgetreten wurde. Die Luft roch nach nassen Ziegeln und verfaulten Blättern. Vorsichtig schlich ich über den glitschigen Rasen auf das verfallene Haus zu. Vor der Rampe verharrte ich ein paar Sekunden reglos; kein Laut war zu hören. Ich hatte nicht angenommen, dass Zeus sich in der Ruine verstecken würde. Da drin gab es tausend Löcher, durchgebrochene Fußböden und morsche Treppen. Zeus würde sich mit Sicherheit den Hals brechen und dann den Ratten als Festmahl dienen. Blieb also der Schuppen. Ich riss die Pistole aus dem Hosenbund, entsicherte sie und lud durch. Dann pirschte ich mich an den Schuppen heran. Die Tür stand offen. Licht flutete in die Nacht wie ein Stück eines Sonnenaufgangs. Zeus kniete über der Kiste und wühlte darin herum. Ich dachte an den Vorschlaghammer, den ich das letzte Mal da drin gesehen hatte.

„Das war's dann", sagte ich und trat in den Schuppen. Ich blieb in sicherer Entfernung von Zeus stehen. Ich wollte denselben Fehler nicht zweimal begehen.

Zeus richtete sich schwerfällig auf, drehte sich langsam um und starrte mir ausdruckslos ins Gesicht. Die Knarre schien ihn nicht im Geringsten zu beeindrucken.

Sein protziger Goldschmuck schimmerte im Licht der herabbaumelnden Glühbirne. Sein Blick richtete sich nach oben.

„Denk nicht mal dran, die Birne zu zerbrechen“, warnte ich ihn. „In meiner Knarre sind sieben Schuss. Bei der ersten verfluchten Bewegung leere ich das ganze Magazin in diesen Raum. Und bei deiner Figur werde ich dich nicht verfehlen, glaub mir.“ Ich starrte ihm in die Augen. Zeus starrte zurück. Seine Miene war noch immer völlig ausdruckslos.

„Rüber zum Bett“, sagte ich. „Mach schon!“ Ich schwenkte bedrohlich die Knarre.

Zeus ging rückwärts zum Feldbett und ließ sich drauffallen. Ich zog den Stuhl zu mir, setzte mich. Steckte mir eine Zigarette an und inhalierte den dunklen, schweren Rauch in langen Zügen.

„Hast dir das Ganze wohl ein bisschen anders vorgestellt, was?“, fragte ich.

„Halt die Klappe“, sagte er leise. Was für ein Herzchen.

„Was du mit den anderen Mädchen angestellt hast, war mir eigentlich egal. Aber das mit Simone, das war ein Fehler. Ein schwerer Fehler.“ Ich nahm einen letzten Zug von der Zigarette und trat sie auf dem Boden aus.

Zeus grinste mich mitleidig an.

„Hör ich da ein verliebtes Vögelchen zwitschern?“, fragte er.

„Dir wird das Witze-Reißen noch vergehen. Übrigens, der Mord an Simone war völlig unnötig. Ich wusste schon alles. Ich hatte ein aufschlussreiches Gespräch mit Nina. Du kennst doch Nina, oder?“

„Natürlich“, stieß er hervor. „Kleine schwarzhaarige Schlampe.“

„Sie hat mir ein paar interessante Dinge erzählt. Du bist jetzt seit einem halben Jahr in der Szene und spielst den Samariter. Ziemlich genau vier Wochen nachdem du aufgetaucht bist, ist das erste Mädchen verschwunden. Insgesamt sind es bis jetzt fünf. Kannst du mir so weit folgen?“

Zeus verschränkte die Arme hinter dem Kopf und gab ein undeutliches Gemurmel von sich.

„Als Nina mir erzählte, dass ihre verschwundene Freundin Vera fast gleich ausschaut wie sie“, fuhr ich fort, „dämmerte es mir langsam. Und als sie erwähnte, dass du ein paar Tage nach Veras Verschwinden um sie herumgeschlichen bist, begann ich zu kapieren. Du und deine Schrumpfkopffreunde haben die Mädchen entführt und sie für gutes Geld verkauft, wahrscheinlich ins Ausland. Der Abnehmer von Vera war von ihrem Typ so fasziniert, dass er noch so ein Mädchen wollte. Und da du wusstest, dass ihre Freundin Nina ihr sehr ähnlich sieht, hast du gedacht, eine Nachbestellung sei kein Problem. Nur hat Nina sich nicht von deiner verlogenen Masche umgarnen lassen. Also musstest du dich wohl oder übel für einen anderen Typ Mädchen entscheiden. Simone. Sie sollte Nummer sechs werden. Bis Paul und ich anfingen herumzuschnüffeln und dir dadurch in die Quere kamen. Nur eines ist mir nicht klar: Was haben die Schrumpfköpfe mit diesem Mädchenhandel zu tun?"

Zeus richtete seinen Oberkörper auf und streckte seine mächtigen Arme.

„Du bist wirklich ein ganz schlaues Kerlchen. Ja, ich hab die Mädchen verkauft, an Puffs im Ostblock. Die Kunden dort stehen auf junge Westlerinnen. Es war ganz einfach: Ich suchte mir die hübschesten Junkies aus, versorgte sie mit erstklassigem Stoff, gewann ihr Vertrauen und brachte sie dann hierher. Wenn sie high waren, verpasste ich ihnen ein schönes stählernes Fußband. Sie blieben ein paar Tage hier, und ich kümmerte mich um sie. Erstklassiger Stoff, reichlich Essen. Steigerte den Marktwert. Dann schaffte ich sie zu einem Treffpunkt, wo sie von einem Geschäftspartner abgeholt wurden. Geld gegen Ware." Er lehnte sich zufrieden lächelnd zurück. Hielt sich wohl für 'nen tollen Kerl.

„Und was ist mit den Skins?"

„Die sind meine Hilfstruppe", sagte er. „Besorgen das Essen und den Stoff und kümmern sich um allzu neugierige Zuhälter oder Freunde."

„Ist ihnen bei mir aber nicht geglückt", sagte ich trocken.

Zeus' Gesichtsausdruck verfinsterte sich. „Das mit Udo war wirklich ein starkes Stück. Man hat ihn vor einigen Tagen in einem Park gefunden. Seitdem liegt er in einer geschlossenen Anstalt zur Beobachtung."

„Freut mich zu hören", sagte ich und grinste. „Ach ja, warum hast du nicht einen anderen deiner Leute zu mir geschickt? Oder bist persönlich vorbeigekommen? Aus Angst, weil ich Udos Knarre habe?"

Zeus schwieg und lachte verächtlich. Dann erhob er sich schwerfällig und kam langsam auf mich zu. „Wir beenden jetzt dieses Kinderspiel. Es hat beim ersten Mal nicht geklappt und wird auch diesmal nicht klappen. Ich hab sofort gesehen, dass du ein Angeber bist. Wie Udo. Der musste seine Waffe auch immer so protzig rumzeigen. Trug sie im Hosenbund, wo sie jeder sehen konnte. Die wirklich harten Typen tragen weite Klamotten und verstecken ihre Knarre da drunter. Also gib schon her das Ding, bevor ich ungemütlich werde!"

Er befand sich noch ungefähr zwei Meter von mir entfernt. Plötzlich lief alles in einer Art kristallklarer Zeitlupe ab. Ich riss die Knarre mit einer fließenden Bewegung hoch und drückte den Abzug. Der Rückstoß war gewaltig. Ich musste die linke Hand zu Hilfe nehmen, um mein sich aufbäumendes Handgelenk zu fixieren. Dreimal riss es mir die Hände hoch. Ich hatte den Geruch von Kordit in der Nase und ein hohes Summen in den Ohren. Die leeren Patronenhülsen glänzten auf dem dreckigen Boden wie deformierte Goldmünzen. Zeus' Gesicht verzerrte sich zu einer Fratze. Dann prallte er auf den Boden. Blut sickerte zwischen seinen

Fingern hindurch, die seine zertrümmerte Kniescheibe umschlossen. Ein Sehnenstrang zeichnete sich als rotvioletter Faden auf seiner Tarnhose ab.

Ich sagte: „Ich kann weite Klamotten nicht ausstehen."

Dann stand ich auf und zielte auf sein anderes Knie. Ich jagte ihm die restlichen Kugeln rein. Zeus krümmte sich auf dem Boden und stieß animalische Schmerzensschreie aus. Ich ging zu dem im Dreck zuckenden Körper, riss ihm eine Hand vom Knie und zog ihm einen protzigen Goldring vom Finger. Er war schmierig vom Blut.

Ich wischte die leergeschossene Pistole mit meinem T-Shirt ab, warf sie auf den Boden, steckte mir den blutigen Ring an den Mittelfinger und ging.

Ich konnte weite Klamotten noch nie leiden.

10

Die nächsten paar Tage unternahm ich nicht viel. Ich lag die meiste Zeit im Bett und rauchte Joints, deren kratzigen Nachgeschmack ich mit Unmengen von Tee hinunterspülte. Ich hörte mir CDs an und war überrascht, welch seltene Stücke sich in meiner Sammlung befanden. Ab und zu schlug ich ein Buch auf, doch meine Konzentration reichte nur für fünf oder sechs Seiten, und am nächsten Tag wusste ich meist nicht mehr, was ich am Vortag gelesen hatte.

Der Doc hatte mich nach meiner niederschmetternden Begegnung mit Zeus angerufen und mir mitgeteilt, dass alles erledigt sei. Außerdem brauche er in einer Woche noch einen Mann für eine kleine Abreibung. Ich sagte ihm, er könne auf mich zählen.

Ich saß am Tisch, trank eine Tasse Kaffee und las *Die Presse.* In einem Artikel hieß es, ein EU-Beitritt würde zweiundvierzigtausend neue Arbeitsplätze schaffen; da musste ein gewissenhafter Zähler am Werk gewesen sein. Ich ging zum Fenster und starrte hinunter auf die erleuchtete Wiedner Hauptstraße, deren nächtliche Stille nur ab und zu von einem vorbeirasenden Auto zerrissen wurde. An die Wand gelehnt, widmete ich mich wieder der Zeitung. Im Lokalteil stand eine kurze Notiz über den Fund einer unbekannten Leiche am Wiener Zentralfriedhof. Es handelte sich um eine ungefähr fünfundzwanzigjährige Frau, die offenbar dem Suchtgiftmilieu angehört hatte. Die FPÖ forderte in diesem Zusammenhang eine stärkere Bewachung der Friedhofsanlagen, um solche Vorkommnisse in Zukunft zu unterbinden. Parole *Sauberes Österreich.* Ich blätterte um und starrte verblüfft auf die Überschrift des nächsten Artikels. MÄNNLICHE LEICHE AUF VERLASSENEM GRUNDSTÜCK GEFUNDEN. Ich überflog die Zeilen. Kein Zweifel, es handelte sich um Zeus. Es hieß, dass ihm die Kniescheiben zerschossen worden waren, mit Kugeln des Kalibers neun Millimeter. Gestorben sei er allerdings an schweren Verletzungen am Kopf- und Halsbereich, die offenbar von einem Vorschlaghammer herrührten, der neben der Leiche gefunden wurde. Konkrete Hinweise auf den oder die Täter gab es keine. Einzig eine vage Spur, und zwar … Ich grinste und warf die Zeitung auf den Tisch. Verdammt, das durfte doch nicht wahr sein!

♦ ♦ ♦

Am nächsten Morgen wachte ich gegen halb zwölf auf. Die Sonne kitzelte mich am Bauch und verwandelte mein Bett in einen Brutofen. Ich stand auf, putzte mir die Zähne, spritzte mir ein paar Tropfen Wasser ins Gesicht und machte mir eine Tasse Kakao. Während die Milch heiß wurde, lehnte ich am offenen Fenster und wusste, dass bald alles wie immer sein würde.

Ich setzte die Tasse gerade an die Lippen, als es an der Wohnungstür klingelte. Ich stellte den Kakao auf den Tisch und öffnete. Nina stand auf der Schwelle und grinste mich unbestimmt an. Offensichtlich gehörte meine Adresse zum Standardwissen jedes Wieners.

„Kann ich reinkommen?“, fragte sie. Sie hatte eine kesse kleine Falte zwischen den Augenbrauen. Die Jeans und das schlichte schwarze Sweatshirt standen ihr wesentlich besser als der aufgemotzte Nuttenkram, den sie das letzte Mal getragen hatte.

„Sicher“, sagte ich und schloss die Tür.

Nina setzte sich an den Tisch und steckte sich eine Zigarette an.

„Willst du einen Kakao?“, fragte ich.

Sie zuckte mit den Schultern. „Warum nicht?“

Ich holte eine zweite Tasse und füllte sie.

„Hast du schon die Zeitung gelesen?“, fragte ich.

Sie nickte. „Das mit Simone tut mir leid.“

„Woher weißt du, dass es Simone war?“

Ihre Augen trübten sich. „Nur eine Ahnung.“

„Hast du das von Zeus auch schon gehört? Dem wurde der Schädel eingeschlagen. Draußen bei der Sandlervilla.“ Ich trank einen Schluck Kakao. War verdammt heiß.

„Tut mir nicht leid um den Drecksack. Der war schließlich schuld, dass meine Freundin Vera verschwunden ist.“ Sie drückte die angerauchte Zigarette in einer leeren Zuckerdose aus.

„Ist das auch so ’ne Ahnung?“, fragte ich.

„Nein“, sagte sie bestimmt, „Gewissheit. Weiß man übrigens, wer Zeus zu Brei geschlagen hat?“

„Nein. Sie haben nur einen einzigen Anhaltspunkt.“ Ich machte eine Pause.

„Was denn?“

„Die Bullen haben eine hölzerne Zigarettenspitze neben der Leiche gefunden. Zeus trug keine Zigaretten bei sich. Die Bullen nehmen an, dass der Mörder oder die Mörderin sie verloren hat.“ Ich lehnte mich zurück und schaute Nina ins Gesicht.

„Keine Ahnung, was du damit meinst“, sagte sie und steckte sich eine frische Zigarette in ihre Spitze. Sie war aus blutrotem Kunststoff.

ENDE

Der Autor

Geboren 1972 in Bregenz, Vorarlberg. War Sänger in einer Hardcore-Band, Zettelverteiler und Fremdenführer. Hat zehn Romane geschrieben sowie zahlreiche Rezensionen und Artikel in diversen Zeitungen, Zeitschriften und Onlinemagazinen veröffentlicht. Wagt ab und zu einen Abstecher ins Filmgeschäft. Lebte unter anderem in Berlin und Barcelona. Wohnt in Wien.